우주에서 온 소녀의

21세기

암
행
어
사

5

우주에서 온 21세기 암행어사 ❺

발행일   2023년 1월 20일

지은이   김으겸
펴낸이   손형국
펴낸곳   (주)북랩
편집인   선일영   편집   정두철, 배진용, 김현아, 윤용민, 김가람, 김부경
디자인   이현수, 김민하, 김영주, 안유경   제작   박기성, 황동현, 구성우, 권태련
마케팅   김회란, 박진관
출판등록   2004. 12. 1(제2012-000051호)
주소   서울특별시 금천구 가산디지털 1로 168, 우림라이온스밸리 B동 B113~114호, C동 B101호
홈페이지   www.book.co.kr
전화번호   (02)2026-5777   팩스   (02)3159-9637

ISBN   979-11-6836-675-6 04810 (종이책)   979-11-6836-659-6 04810 (세트)
       979-11-6836-676-3 05810 (전자책)

(주)북랩 성공출판의 파트너

북랩 홈페이지와 패밀리 사이트에서 다양한 출판 솔루션을 만나 보세요!

홈페이지 book.co.kr   •   **블로그** blog.naver.com/essaybook   •   **출판문의** book@book.co.kr

작가 연락처 문의 ▸ ask.book.co.kr

작가 연락처는 개인정보이므로 북랩에서 알려드릴 수 없습니다.

김으겸
판타지
장편 소설

❺ 인재들의 집단, 청유회

우주에서 온 소녀의
21세기
암행어사

5

북랩

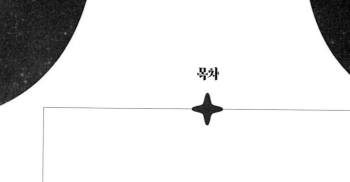

목차

제9장 태상감찰어사　＊ 7

제10장 청유회　＊ 59

제9장

태상감찰어사

선녀 이야기

여기는 어디인가.

컴컴한 실내에 희미한 전등불이 단 하나 켜져 있었다.

그 전등불이 비추는 곳.

긴 철제 의자가 하나 놓여 있고 그 의자 위에는 선녀와 준석이 쇠사슬로 묶인 채 앉아 있었다.

"여긴 어디지?"

선녀가 준석을 보고 물었다.

"글쎄……! 우린 누군가에게 납치당한 거야! 누구지?"

준석이 말했다.

"나도 몰라! 나타나겠지! 납치를 했으면."

선녀 말이 끝나기 무섭게 어디선가 목소리가 들렸다.

"으하하하…… 말 잘했다. 납치를 했으면 목적이 있을 터. 암, 이제부터 목적을 알려주겠다. 너! 선녀라 했지?"

"네!"

선녀가 작은 소리로 대답했다.

"넌 형편없어! 그런 육체로 무슨 무술을. 쯧쯧……. 이제부터 널 가장 강하고, 가장 뛰어나고 가장 무술을 익히기 적합한 육체로 뜯어고

쳐 주겠다! 물론 고통도 따르겠지. 팔을 자르고 다시 개조해서 붙이고 목도 자르고 붙이고 이렇게 대수술을 해야 하니까. 하하하…… 그러나 고통은 따르지만 참고 견디면 누구도 네 상대가 안 될 무적의 힘을 얻을 것이다! 내가 바로 그렇게 만들어 줄 것이다! 너에겐 선택권이 없다! 오로지 내 뜻대로 할 뿐!"

목소리는 잠시 멈추고 1분 정도 지났다.

"그리고 준석이라 했지? 형편없는 놈! 잘못 잡아 왔다! 그러나 걱정 말아라, 너 역시 다리도 자르고 팔도 자르고 뇌도 꺼내고 내장도 다 꺼내서 개조해 줄 테니. 으하하하……."

목소리는 차츰 멀어져 갔다.

"으으…… 무슨 소리야?"

선녀가 부들부들 떨며 준석이를 보고 물었다.

"모… 몰라. 으으……."

준석이도 부들부들 떨고 있었다.

덜컹.

철문이 열리고,

하얀 옷을 입은 간호사가 커다란 주사기를 두 개 들고 들어왔다.

"뭐. 뭐냐?"

선녀가 온몸을 떨며 물었다.

"마취제입니다! 마취를 해야 팔도 자르고 다리도 자르고 뇌도 꺼내고 내장도 꺼내서 개량을 하죠! 혹시 남자로 만들어질지도 모르죠."

간호사는 배시시 웃으며 주사기를 선녀 팔뚝에 푹 찔렀다.

"아, 안 돼!"

선녀는 발버둥 쳤지만 묶여있는 몸이라 어쩔 도리가 없었다.

"으으…… 오지 마!"

준석이 얼굴이 하얗게 변해 부들부들 떨었다. 이미 다리 사이에서 오줌이 줄줄 흘렀다.

"에구, 오줌까지…… 남자가 겁은 많아서!"

간호사는 하얗게 웃으며 주사기를 준석이 팔뚝에도 푹 찔러 넣었다.

"으으……"

선녀는 신음을 흘리며 차츰 정신을 잃어갔다.

준석이 역시 정신을 잃어갔다.

어두운 실내.

희미한 불빛은 정신을 잃은 선녀와 준석을 비추고 있었다.

천국성 이야기

커다란 다이아몬드가 군데군데 박혀서 빛을 뿌리고 있는 높은 산.

아름드리나무가 높이 자라고 그 사이사이도 다이아몬드가 우뚝우뚝 솟아 있었다.

천국성의 다이아몬드는 지구의 바위들처럼 컸다.

높은 산 중간에 자수정을 깎아 벽을 만든 5층짜리 건물이 세워져 있다.

건물로 향하는 길은 다이아몬드를 사각으로 깎은 계단으로 되어 있다.

계단마다 같은 글이 쓰여 있다.

한글로 독문.

이렇게 쓰여 있다.

계단 양쪽으로 여러 가지 풀이 심겨 있는데.

전부 독초다.

일반인들은 냄새만 맡아도 살기 힘든 독초.

그래서 산 아래 경고문이 쓰여 있다.

이 산은 독문의 독초가 자라고 있으므로 일반인들 출입 시
죽음을 면치 못합니다.

영미는 자하경은과 함께 독문을 향해 계단을 오르고 있었다.

며칠 전.

영미는 자하경은에게 독신 이지예의 무술을 전수해줬다.

그것은 자하경은에게 독문을 맡기려는 의도에서였다.

계단은 모두 120계단으로 되어 있었다.

계단을 다 오르니 5층 건물로 들어가는 현관문이 나타났다.

스르릉……

현관문이 열리며 녹색 옷을 입은 남녀들이 양쪽으로 길게 늘어서서
영미를 맞았다.

"어서 오십시오! 문주님!"

독문의 제자들은 공손히 인사를 하며 영미와 자하경은을 안쪽으로
인도했다.

길게 늘어선 독문 제자들을 다 지나서 3계단 높은 단상에 나무로
만든 커다란 의자가 하나 놓여 있었다.

독문 제자들은 영미를 그 의자에 앉기를 권했다.

영미가 의자에 앉았다.

"독문 제자들이 제2대 문주님께 인사 올립니다!"

독문 제자들은 일제히 외치며 무릎을 꿇고 엎드려 절을 했다.

"모두 일어서시오!"

영미가 손을 휘휘 저으며 말했다.

독문 제자들은 일제히 일어서서 공손한 자제로 질서 있게 섰다.

"여러분 반갑습니다! 문파가 생긴 지 얼마 안 되어 전임 문주님을……."

영미가 잠시 목메는지 말을 끊었다.

"이제 2대 문주인 제가 여기 자하경은에게 문주 자리를 넘겨주고 전 태상문주로 남아 독문을 위해 힘쓰려 합니다. 의문과 무문의 문주인 제가 독문까지 문주 노릇을 제대로 못 할 것 같아 여기 자하경은에게 제3대 문주로 임명하기로 결정했습니다. 자하경은이 비록 나이는 어리지만 무공이나 의술, 독술 그리고 독문 문주 무공까지. 뛰어난 실력을 갖추고 있어서 적합합니다. 물론 독문에 어려운 일이 있거나 자하경은이 처리하지 못할 일이 생기면 제가 발 벗고 나서서 독문을 위해 힘쓸 것을 약속합니다."

영미가 길게 말했다.

"태상문주님 명을 받습니다!"

독문 제자들은 불평 한마디 없이 영미 의견대로 자하경은을 제3대 문주로 받아드렸다.

영미는 자하경은에게 인사말을 하라고 눈짓을 했다.

"자하경은입니다! 부족한 제가 3대 문주 자리를 맡게 되어 잘해 나갈지 걱정이 앞섭니다! 저는 자랑스러운 이름은 아니지만 대악녀, 대악인, 소악녀, 사녀, 마인. 이렇게 5대 악인이라 부르는 분들의 제자이며, 옆에 계신 정영미 태상문주님의 조카이기도 하고 제자이기도 합니다! 앞으로 태상문주님을 하늘처럼 받들고 독문을 천국성에서 누구도 넘보지 못할 강한 문파로 만들어 나갈 것입니다! 여러분께서 많이 도와주십시오!"

자하경은이 인사말을 마치자 박수가 터졌다.

"그럼 이제부터 새로운 편성을 위해 모든 독문 제자들의 명단과 직책을 보여 주시길 바랍니다!"

영미가 말했다.

우측에 있던 나이가 많은 할아버지 한 분이 책을 한 권 들고 영미에게 다가왔다.

"이곳에 자세히 적혀 있습니다!"

노인은 책을 영미에게 넘겨주고 옆에 공손히 섰다.

"어르신은?"

영미가 노인의 직책을 묻는 것이다.

"임시 문주직을 맡고 있던 심철준입니다!"

노인이 대답했다.

"아! 그렇다면 혹시 독신님의 두 제자 중 한 분?"

영미가 다시 물었다.

"네! 그렇습니다! 또 한 명은 독술을 시험하다가 그만 먼저 갔습니다!"

노인이 씁쓸한 미소를 지으며 대답했다.

"아! 네. 그럼, 심철준 어르신은 감찰부장직을 맡아 주십시오! 두 명을 직접 선발하시어 독문 제자들을 관리 감독하고 나쁜 길로 빠지지 않도록 단속하는 일을 맡아 주십시오!"

영미가 말했다.

"명 받습니다!"

심철준이 대답했다.

"3개월 후 감찰어사를 선발하는 천국성 최대 명절이 다가옵니다! 저는 반드시 감찰어사가 되려 합니다! 그러므로 3개월 동안은 제가 소홀한 점이 있더라도 많은 이해를 바랍니다! 그럼 모든 편성은 3대 문주에게 일임하고 저는 심은지님과 독문 구경이나 하렵니다. 안내 좀 해주시겠습니까?"

영미는 앞줄에 공손히 서 있는 심은지에게 말했다.

"명받습니다!"

심은지는 얼른 대답하고 영미 앞으로 왔다.

"갑시다!"

영미가 심은지를 앞장서라는 손짓을 했다.

"모시겠습니다!"

심은지는 영미를 안내하기 시작했다.

영미는 심은지와 함께 장내에서 사라졌다.

주인공 이야기

"그렇다면? 감찰어사가 된 후 자암옥에가서 그 늙은이들을 정말 다 석방했나?"

이야기를 듣고 있던 소연 노파가 영미에게 물었다,

강희도 눈에 이채를 띠고 영미를 바라보았다.

"물론이죠! 약속은 약속이니깐! 그리고 자암옥은 이젠 없어요! 제가 그곳에 관광지로 만들어 버렸거든요! 킥킥……."

영미가 생글생글 웃었다.

"그럼 그 노인들은 지금 어디에 있어요?"

강희가 영미에게 물었다.

"그건 비밀이야! 킥킥……."

영미가 말하기 싫은 모양이다.

"그건 그렇고 이렇게 쫓아가다간 강철이 죽으면 어떻게 하려고? 빨리 쫓아가자!"

소연 노파가 강철이 걱정되는 눈치다.

"걱정 말아요! 자율선은 절대 강철 오빠를 못 죽여요! 그리고 뒤따르는 사람들도 자율선을 잡지 못하고요. 그러니…… 안심해도 돼요. 다만 강철 오빠가 절 원망할까 봐 쫓아가는 거예요. 그냥 놔둬도 되지만요!"

영미가 생글생글 웃었다.

"자율선이 강철을 못 죽인다는 것이 무슨 뜻이야?"

소연 노파가 의문스러운 눈치다.

"킥킥…… 자율선은 절대 강철 오빠 상대가 아니에요!"

영미가 대답했다.

"엥? 그런데 왜 오빠는 자율선에게 잡혀있죠?"

강희가 이상하다는 듯이 물었다.

"강철 오빠가 아마 뒤에 쫓아오는 사람들을 보고 일부러 붙잡혀 도망 다니고 있는 것이야!"

영미가 생글생글 웃으며 말했다.

"그럴 수가!"

강희와 소연 노파는 믿을 수 없다는 표정이다.

"감찰어사 시험에서 자율선이 최종전까지 갔다며?"

소연 노파가 물었다.

"그렇죠!"

영미가 대답했다.

"그럼 자율선이 무공이 강하다는 뜻이잖아!"

소년 노파가 다시 물었다.

"아뇨! 무공은 형편없어요. 비리로 최종전까지 올라간 것이죠. 단 하나 경공만 뛰어나죠! 천국성에서 강철 오빠가 무공이 강하기로는 3위는 돼요. 숨기고 있어서 그렇죠!"

영미가 생글생글 웃었다.

"숨긴다. 그럼 지금까지 나한테도 숨겼단 말이냐?"

소연 노파가 황당하다는 표정으로 물었다.

"당연하죠!"

영미가 생글생글 웃었다.

"그럼 2위는 누구예요?"

강희가 물었다.

"나."

영미가 간단하게 대답했다.

"엥? 1위가 아니고 2위라고요?"

강희가 이상하다는 듯 고개를 갸웃거렸다.

"지금까지 무슨 이야기를 들은 것이야? 생사인의 제자란 자가 있다고 했잖아! 그가 가장 강하다고."

소연 노파가 꽥 소리를 질렀다.

"아하……! 그렇군요!"

강희가 살짝 미소를 지었다.

"4위는 누굴까요?"

강희가 물었다.

"너."

영미가 간단하게 대답했다.

"켁! 이 아이가?"

소연 노파가 화들짝 놀라서 물었다.

"농담이에요!"

강희가 얼른 두 손을 휘휘 저으며 말했다.

"농담 아냐!"

영미가 말했다.

"정말 그렇게 생각해요?"

강희가 심각한 표정으로 물었다.

"킥킥……."

영미는 그냥 생글생글 웃기만 했다.

소연 노파도 강희도 그냥 웃었다.

해안가 큰 바위 밑에 동굴처럼 생긴 공간.

자율선이 강철은 옆에 내려놓고 얼굴에 땀을 소매로 닦고 앉아 있었다.

자율선은 온몸에 땀이 물에 빠진 듯 젖어 있었다.

"힘들지?"

강철이 빙긋 웃으며 물었다.

"너도 나를 앉고 한번 달려봐! 힘들지 않나! 그것도 벌써 4시간은 도망 다녔잖아!"

자율선이 고개를 설레설레 저으며 말했다.

"이젠 떼어 놓은 것 같아!"

강철이 말했다.

"응! 정말 무서운 자들이었어! 저런 자들이 있다는 것은 첨 들어봤어! 너도 그렇지?"

자율선이 강철에게 물었다.

"흠……! 내가 보니까 3명이 함께 덤비면 영미도 상대가 안 될 것 같아!"

강철이 말했다.

"정아는 어디서 저런 자들을 데리고 온 것일까?"

자율선이 물었다.

"글쎄……."

강철이 알 리 없었다.

"그런데……! 너?"

자율선이 뭔가 생각이 난 듯 강철에게 물었다.

"뭘?"

강철이 되물었다.

"너 나를 이용한 것이지? 고의적으로 나에게 붙잡힌 것이지?"

자율선이 물었다.

"으하하하…… 눈치 챘군!"

강철이 호탕하게 웃었다.

"이…… 내 발만 이용당했군!"

자율선이 쓴웃음을 지었다.

"그런데…! 넌 왜 나를 납치했지?"

강철이 자율선에게 물었다.

"나도 널 죽여야 하거든. 큭큭……."

자율선이 말했다.

"왜? 태자 자리가 탐나서?"

강철이 물었다.

"아니, 영미가 너만 좋아하니까!"

자율선이 말했다.

"켁! 영미를 좋아하는구나?"

강철이 물었다.

"혼자서만. 영미는 아냐!"

자율선이 쓸쓸한 미소를 지었다.

"넌 영미와 원수지간으로 아는데? 언제부터 좋아하게 됐지?"

강철이 물었다.

"사실 무문 문주가 된 영미를 보면서부터야. 그런데 영미 주변엔 강
적이 너무 많아. 큭큭…… 너도 있고. 벽화이도… 그리고 정말 무서운
놈이 있는데……."

자율선이 말끝을 흐렸다.

"누군데?"

강철이 물었다.

"독군."

자율선이 말했다.

"독군?"

강철이 모르는 인물인 모양이다.

"응! 독문의 꽃미남이야! 그놈 근처만 가면 풀도 시들어 죽어!"

자율선이 말했다.

"독 때문에?"

강철이 물었다.

"응! 헌데 넌 태자라면서 3군도 모른단 말이야?"

자율선이 이상하다는 투로 물었다.

"3군? 모르는데?"

강철이 오히려 의아한 표정으로 되물었다.

"영미에 버금간다. 천국성 무술의 귀재들 3군. 독문에 독군, 무문에 무군, 농인문의 농군. 이들을 3군이라 부르지. 그들 또한 영미의 연적이고."

자율선이 말했다.

"뭐라고? 그럼 그들 다 영미를 좋아한다고?"

강철이 화들짝 놀라며 물었다.

"맞아! 모두가 미남자들이고 나이도 18세, 19세, 20세 그래. 영미는 아니고 나처럼 그들만 영미를 좋아하지. 하하……"

자율선이 허탈하게 웃었다.

"영미가 위험하다!"

강철이 뭔가 생각난 듯 소리쳤다.

"왜?"

자율선이 물었다.

"영미가 우릴 쫓아오다가 아마 그놈들과 마주칠 텐데……!"

강철이 말했다.

"그렇겠지……! 그래도 영미야 워낙 강하니깐!"

자율선은 영미를 믿는 모양이다.

"아냐! 그놈들 너무 강해! 우리가 가서 도와줘야 하지 않을까?"

강철이 벌떡 일어섰다.

"어! 너!"

자율선이 강철을 보고 화들짝 놀랐다.

자신이 분명 혈을 짚어서 움직이지 못하게 했는데

강철이 일어섰기 때문이다.

"나야 원래부터 혈은 너한테 잡히지 않았어! 이동시켰거든."

강철이 말했다.

"큭큭…… 나만 바보로군!"

자율선이 말했다.

"가자!"

강철이 말했다.

"영미는 나를 못마땅하게 여기는데 자암옥 통로를 막은 것 때문에."

자율선이 머뭇거렸다.

"어린 나이에 실수한 건데 뭘 그래! 가서 돕고 그러면 영미도 풀릴 거야!"

강철이 말했다.

"그럴까?"

자율선이 물었다.

"그럼!"

강철이 대답하며 먼저 날아가기 시작했다.

자율선도 뒤따라 날아갔다.

곶자왈.

바위와 숲이 우거져 사람이 다니기 힘들 정도로 버려진 땅.

제주도 숲은 가시나무 천지다.

국가시낭 '구지뽕나무'

가시 길이가 무려 10센티는 되는 왕가시를 자랑한다.

구지뽕나무가 군락을 이루고 있는 제주도 서쪽 소나무밭.

영미 일행은 강철의 예상대로 정아와 30대 남자 3명과 마주하고 있었다.

"흐흐흐…… 강철은 놓쳤지만 대신 널 데리고 가야겠다. 강철이 널 구하러 오겠지."

가운데 있는 30대 남자가 징그러운 웃음을 흘리며 말했다.

"오호! 야두리혁의 인조인간들. 상품도 아니고 겨우 중품 정도로 나를 잡겠다고 왔는가? 오랜만에 몸 좀 풀게 생겼군! 킥킥……."

영미가 생글생글 웃었다.

'강희 넌! 이번엔 제 실력을 좀 발휘해야 할 것이다! 최선을 다해라!'

강희 귓속으로 영미 말이 송곳처럼 파고들었다.

"헉! 입도 움직이지 않고. 나에게만 들리나봐!"

강희가 다른 사람들 눈치를 살피며 그렇게 생각했다.

다른 사람들은 영미 말을 전혀 듣지 못한 눈치다.

"자 그럼 시작해볼까?"

영미가 정아와 3명의 남자들을 보고 말했다.

"크크크…… 어디 감찰어사 실력 좀 볼까!"

가운데 남자가 혼자 앞으로 나섰다.

혼자서 상대하겠단 뜻이다.

"킥킥…… 오만이 치명적인 실수를 낳게 된다는 것을 모르셨군!"

영미가 혼자 중얼거리며 인공지능 무기 백원탄을 가장 빠른 속도로 펼쳤다.

무형의 가공할 탄환이 앞으로 나섰던 30대 남자에게 밀려갔다.

"헉!"

30대 남자는 예상치 못한 공격에 잠시 당황한 눈빛이었으나 곧 몸을 날려 영미의 공격을 벗어났다.

"커억!"

"으악!"

30대 남자가 영미 공격을 벗어났다 싶을 때 뒤에 있던 30대 남자 두 명과 정아가 비명을 지르며 뒤로 주르륵 밀려났다.

정아의 상태는 비참했다.

온몸이 갈기갈기 찢어진 옷 사이로 피가 흘렀고

입에선 계속 피를 토하며 앞으로 엎어져 있었다.

두 30대 남자는 전혀 피해를 당하지 않은 듯 바로 자세를 잡았다.

"크크크…… 어리다고 방심을 했군! 그러나 어디까지나 그게 너의 최후의 발악이다!"

영미의 공격을 벗어난 30대 남자가 다시 징그럽게 웃으며 품속에서 작은 단도를 3개 꺼냈다.

"어디 피해 보거라!"

30대 남자는 영미를 향해 단도를 힘껏 던졌다.

마치 빛처럼 빠른 속도로 영미를 향해 날아오는 단도.

하나는 영미 가슴을,

또 하나는 목을,

나머지 하나는 하늘 높이 솟아 사라졌다.

영미는 비천은둔술을 펼쳐 하늘로 번개같이 솟아 올라갔으나 하늘로 미리 올라간 단도가 그런 영미 행동을 사전에 미리 알고 막은 것인지 영미 머리를 공격했다.

"허억!"

영미는 다급한 비명을 지르며 다시 땅으로 떨어졌다.

영미의 목과 가슴을 향해 날아가던 단도는 다시 방향을 바꿔 땅에서 하늘을 향해 영미를 공격했다.

위기의 순간.

영미 손에서 하얀 둥근 물체가 30대 남자를 향해 빠르게 날아갔다.

또한 가느다란 바늘 같은 침이 자신을 향해 공격해오는 단도 3개를 향해 부딪혀 갔다.

텅. 텅. 텅.

영미를 공격하던 단도 3개는 가느다란 침에 의해 땅으로 떨어졌다.

하얀 둥근 물체.

백원탄은 30대 남자를 요리조리 따라다니며 무섭게 공격하기 시작했다.

30대 남자 몸은 이미 만신창이가 되어 있었다.

옷이 찢긴 사이로 군데군데 피가 흐르고 있었다.

그런데,

침에 부딪혀 땅으로 떨어졌던 단도 3개가 다시금 영미를 향해 무섭게 공격을 하는 것이 아닌가.

"헉! 이 단도 역시 지능을 갖고 있군!"

영미는 위급함은 느끼고

몸을 날아 근처 소나무 가지 위로 날아가 소나무 가지를 하나 꺾었다.

팔뚝만 한 크기의 소나무 가지를 손에 들고 영미는 날아오는 단도를 막았다.

푹푹.

2개의 단도는 나뭇가지에 꽂혀 움직이지 못하고 말았지만 나머지 하나가 영미 옆구리에 푹 꽂혔다.

아니 부딪히며 튕겨 나갔다.

무체를 입은 영미는 어떤 공격에도 몸은 보호가 되지만 그 충격은 어마어마했다.

"큭!"

영미 입에서 신음이 터졌다.

떨어진 단도가 다시 움직이므로 재빨리 소나무 가지로 단도를 막아 나뭇가지에 박히게 했다.

"헉! 역시 감찰어사다!"

구경만 하던 두 명의 30대 남자가 영미를 공격하기 시작했다.

"강희! 넌 소연 언니와 한 놈만 맡아라!"

영미가 다급히 소리쳤다.

"알았어요!"

강희가 대답과 동시에 몸을 움직였다.

강희의 공격을 받은 30대 남자 한 명이 움찔하며 강희 공격을 막기에 여념이 없었다.

소연 노파도 강희와 함께 30대 남자 한 명을 둘이 공격하기 시작했다.

"크크크······ 역시 감찰어사의 무체는 무기로는 감당이 안 되는군!"

30대 남자가 영미 몸에서 단도가 튕겨 나가는 것과 자신들의 공격이 튕겨지는 것을 느끼고 말했다.

두 30대 남자는 뭔가 눈치를 주고받았다.

심상치 않음을 느낀 영미가 백원탄을 회수하는 동시에

영미 입에서 외침이 터졌다.

"섬······!"

"크아악!"

영미 말소리가 들림과 거의 동시에 30대 남자 한 명이 피를 뿌리며 멀리 날아가 바위에 부딪히며 쓰러졌다.

그런데,

이건 뭔가.

마치 그물 같은 가느다란 망사가 영미를 꼼짝도 못하게 조이기 시작했다.

"으으으······."

영미 입에서 신음 소리가 나오며 고통스러워했다.

"크크크······ 감찰어사를 사로잡았으니 됐다."

30대 남자는 천천히 영미에게 다가왔다.

"화!"

영미 입에서 다시 외침이 터지며 손바닥을 펼쳤다.

그러나 움직일 수 없는 손바닥이라 그 방향이 강희와 소연 노파가 상대하고 있는 30대 남자에게로 향했다.

"크윽!"

빛처럼 빠른 불빛이 30대 남자를 강타하자 온몸이 숯처럼 까맣게 변하며 30대 남자는 쓰러졌다.

무황의 무술 섬과 화는 역시 강했다.

그러나 영미를 조이기 시작하던 그물 망사는 더욱더 강하게 조이고 영미는 전혀 움직이지 못하고 있었다.

"크크크…… 역시 대단하다!"

대장 격인 30대 남자는 징그럽게 웃으며 소연 노파와 강희를 향해 마치 파리를 쫓듯 손을 휘저었다.

"크윽!"

"켁!"

강희와 소연 노파는 피를 뿌리며 멀리 날아갔다.

"크크크… 감찰어사! 너만 데리고 가면 된다!"

대장 격인 30대 남자가 영미를 향해 걸어오며 징그럽게 웃었다.

그때였다.

"천지창조!"

맑은 외침이 들리며 30대 남자를 향해 누군가 무섭게 공격을 하기 시작했다.

강철이었다.

"여기도 있다!"

꼬부랑 노파와 머리가 하나도 없는 대머리 소년이 30대 남자를 공격하기 시작했다.

호목담군과 가림비였다.

대장 격인 30대 남자는 예상치 못했던 3명 공격에 몹시 당황하며 방어를 하기 급급했다.

그때였다.

"큭큭…… 영미는 내가 데리고 간다!"

자율선이 번개같이 영미를 옆구리에 끼고 도주하기 시작했다.

"이런! 죽 쒀서 개를 준 꼴이군!"

대장격인 30대 남자가 투덜거리며

강철과 호목담군과 가림비의 공격이 만만치 않자 공격다운 공격도 못 하고 밀리기 시작했다.

"흐흐흐…… 오늘은 이쯤에서 간다! 다음에 또 보자!"

대장 격인 30대 남자는 번개같이 도망치고 말았다.

도망치면서 쓰러진 정아를 안고 갔다.

현장에는 죽은 30대 남자 시체만 두 구 남아있었다.

강희는 비틀비틀 일어섰고 소연 노파는 어느새 일어나 앉아서 몸을 가다듬고 있었다.

호목담군과 가림비가 죽은 30대 남자 둘을 묻어주고 있을 때,

영미를 옆구리에 끼고 도망쳤던 자율선이 영미와 함께 돌아왔다.

영미를 꼼짝 못 하게 만들었던 망사 그물은 어찌 된 일인지 보이지 않았다.

"어찌 된 것인가?"

소연 노파가 영미에게 물었다.

"놈이 도망가면서 회수해 갔나 봐요! 그것도 놈의 무기니깐 말이죠!"

영미는 생글생글 웃었다.

몸엔 별다른 이상이 없었던 모양이다.

"휴…… 정말 무서운 놈이었다."

소연 노파가 말했다.

"네! 무체가 아니었으면 전 졌을 겁니다! 킥킥……."

영미가 말했다.

무체란 말에 강희 두 눈동자가 반짝, 이채를 띠었다.

아직도 자신이 입고 있던 무체가 사라진 것을 모르는 모양이다.

영미가 비슷한 옷을 입혀줬기에 아직 자신이 입고 있는 것이 무체로 알고 있는 듯했다.

"헤헤……."

자율선이 영미 옆에 서서 웃고 있었다.

"아무튼 네가 그래도 강철을 구하고 영미를 구한 것이니…… 고맙다고 인사들 해라."

소연 노파가 자율선과 강철을 번갈아 보면서 말했다.

"쳇! 고맙다는 인사 받고 싶어서……!"

영미가 자율선을 보고 입술을 뾰족하게 내밀었다.

"헤헤……."

자율선은 그냥 헤프게 웃었다.

"바보 같아!"

영미가 심통을 부렸다.

"아무튼 고마워!"

강철이 자율선을 보고 말했다.

"헤헤……."

자율선은 강철의 고맙다는 인사를 들은 척도 안 하고 영미만 바라보고 헤프게 웃고 있었다.

"호목담군 어르신과 가림비 어르신 어쩐 일이세요?"

영미가 두 사람을 발견하고 인사를 했다.

"너의 의자매형제들을 따라왔다! 앞으론 우리보고도 언니, 오빠라 불러 다오!"

호목담군이 말했다.

"네! 오빠. 킥킥……."

영미가 생글생글 웃었다.

"그런데? 영미 의자매형제들이라니? 무슨 말이냐?"

소연 노파가 물었다.

소연 노파와 호목담군과 가림비는 친구지간이었다.

"자암옥에서 영미를 가르친 사부들이지 뭐."

가림비가 대답했다.

"그건 아는데. 여길 왔다고?"

소연 노파가 다시 물었다.

"네! 약초 수집 중이에요!"

영미가 대신 대답했다.

"오호!"

소연 노파가 갑자기 얼굴에 화색이 돌았다.

"친구들 보고 싶으냐?"

가림비가 물었다.

"당연하지!"

소연 노파가 얼른 대답했다.

이제 보니 그중에 친구들이 있는 모양이다.

"말도 마라! 이 나이에 영미 의자매형제들에게 굽실굽실하면서 심부름만 잔뜩 했다!"

호목담군이 웃으며 말했다.

"켁!"

소연 노파가 급하게 기침을 했다.

너무 놀란 것이다.

"생각해봐라! 사녀와 마인이 우리들보다 한참 어르신 아니냐? 비마도 그렇고 고림추이는 나의 증조 할아버지뻘이고."

가림비가 투덜거렸다.

"청살지 그 할망구는 어떻고. 성질머리는 더러워서."

호목담군이 투덜거렸다.

"그렇게 되나?"

소연 노파가 이제야 뭔가 깨달은 것이다.

그들 모두가 소연 노파보다 윗사람이란 것을.

"친구라고 해야 겨우 무신과 독신 정도인데. 그들도 나이는 조금씩 많아! 우리 아래가 겨우 소악녀 하나잖아."

가림비가 웃으며 말했다.

"그러니깐 어르신들한테는 언니, 오빠 하면서 우리들한텐 할머니, 할아버지 할 수도 없고. 어쩔 수 없이 영미와 언니, 오빠 해야지 않겠나?"

가림비가 웃으며 소연 노파와 영미를 번갈아 바라보았다.

"그래, 언제 천국성에 돌아가려고?"

소연 노파가 가림비에게 물었다.

"왜? 함께 가려고?"

가림비가 소연 노파에게 물었다.

"아, 아니야! 난 영미하고 같이 갈 거야! 재미가 솔솔 하거든!"

소연 노파가 빙긋이 웃는다.

"그래? 우리도 함께 놀다 갔으면 좋겠는데 우주선이 없어! 얼른 가서 함께 가야지. 한 열흘 걸린다 했거든. 약초를 수집하는 데."

호목담군이 말했다.

"그럼 며칠은 더 같이 있겠군?"

소연 노파가 옛 친구와 헤어지기 섭섭한 모양이다.

"그럼, 그럼. 며칠 함께 술이나 마시다가 가겠네!"

호목담군이 대답했다.

"저어……."

강희가 무슨 말을 하려고 끼어들었다.

"뭔가?"

호목담군이 물었다.

"저도 데리고 가면 안 될까요?"

강희가 말했다.

"이 아인 누군고?"

가림비가 물었다.

강철을 바라보면서.

"네! 지구에서 만난 제 의동생입니다!"

강철이 대답했다.

"흠…… 지구인이라!"

가림비가 고개를 끄떡거리며 중얼거렸다.

그때다.

가림비와 호목담군 귓속으로 영미 목소리가 들렸다.

다른 사람은 들을 수 없는 말이다.

'절대 데리고 가선 안 됩니다.'

"……!"

가림비와 호목담군이 힐끗 영미를 바라보았다.

"약초를 수집해서 가야 하는데 우리도 겨우 비비고 끼어 왔는데, 약초까지 싣고 가려면 우리도 탈 수나 있나 모르겠다!"

가림비가 강희를 보며 거절의 뜻을 밝혔다.

"네에."

강희가 아쉬운 표정을 지었다.

강희 눈은 잠깐 영미를 향했다가 다시 강철을 향했다.

"오빠하고나 같이 가야겠네!"

강희가 중얼거리듯 말했다.

"그래! 조금만 기다려라!"

강철이 얼른 대답했다.

컴컴한 실내.

정아를 안고 도망친 30대 남자가 무릎을 꿇고 엎드려 있었다.

옷은 갈기갈기 찢기고 피는 아직도 흐르지만 그는 부들부들 떨고 있었다.

몹시 두려운 표정으로.

"그래! 감찰어사와 한판 붙었다 이거지?"

어디선가 카랑카랑한 남자 목소리가 들렸다.

"네! 사부님!"

30대 남자는 고개를 푹 숙이고 온몸을 부르르 떨었다.

"그래서 둘이 죽고 넌 그 꼴로 겨우 도망쳤단 말이지?"

카랑카랑한 목소리가 들리며 누군가 30대 남자 앞으로 걸어왔다.

희미한 전등불이 등 뒤로 비추고 있어서 얼굴은 확인할 수가 없었다.

"네! 강철과 자율선이란 놈도 있고 어떤 여자도 있고 늙은이들도 3명이나 있어서."

30대 남자는 주절주절 변명을 하면서 부르르 떨었다.

"그래! 강철 그놈과 자율선은 별것 아니고 늙은이들은 어떻더냐?"

카랑카랑한 목소리로 30대 남자 앞에 선 사람이 물었다.

"전사 1명이면 충분히 다 상대할 수 있을 정도로 별 볼 일 없었습니다!"

30대 남자는 대답했다.

"흠……!"

카랑카랑한 목소리 주인공이 뭔가 생각을 하는 듯 팔을 올려 턱을 매만지며 왔다 갔다 했다.

그런데,

희미한 전등불이 그의 팔목을 잠깐 비추고 지나갔는데.

뚜렷하게 보였다.

× 자 모양의 칼자국이.

설마 생사인의 제자 야두리혁은 아닐까.

"아무튼 수고했다. 가서 정아를 강 박사에게 넘기고 넌 푹 쉬어라!"

카랑카랑한 목소리가 떨어지자 죽을 것을 살아난 것처럼 30대 남자는 몇 번이고 계속 절을 올리고 밖으로 나갔다.

30대 남자가 나간 후.

"비영!"

카랑카랑한 목소리로 누군가 불렀다.

"넵!"

짤막한 대답과 동시에 검은 바지에 하얀 셔츠를 입은 20대 청년이 나타나 무릎을 꿇고 엎드렸다.

"들었는가?"

카랑카랑한 목소리가 물었다.

"넵!"

20대 청년이 대답했다.

"넌 즉시 비살대 10명을 이끌고 가서 강철과 감찰어사를 즉시 죽여라!"

카랑카랑한 목소리가 명령을 내렸다.

"명 받습니다!"

20대 청년 비영은 나타날 때와 마찬가지로 연기처럼 사라졌다.

"흠……! 호랑이 새끼는 크기 전에 죽이는 것이 내 철칙이지! 지구를 정복하려고 공들여 만든 내 인간들이 둘씩이나 죽었다고. 아직 남의 눈에 띄면 안 되는데…. 강철과 감찰어사는 반드시 죽여 없애야 하므로 어쩔 수 없지."

얼굴을 알 수 없는 카랑카랑한 목소리 주인공은 뭔가 마음에 들지 않는지 신경질적으로 바닥에 있던 의자를 발로 걷어찼다.

의자는 산산조각이 나서 흩어졌다.

"우주선. 우주선. 이놈의 지구엔 우주선 하나 만들 광석이 한 알도 나오지 않는단 말이야. 젠장, 강철과 감찰어사를 죽이면 우주선은 찾지를 못하겠지. 자율선 그놈은 죽이기도 힘들고 쫓아가기도 힘드니, 그 아이에게 희망을 걸어봐야지."

혼자 중얼거리던 카랑카랑한 목소리 주인공은 부서진 의자 조각마저 발로 걷어차 버렸다.

"젠장……! 그놈의 우주선 때문에 천국성엔 가지도 못하고. 지구라도 정복하려고 100년을 준비했는데 감찰어사라."

중얼거리던 카랑카랑한 목소리 주인공은 팍 하고 갑자기 사라졌다.

천국성.

비밀문…

일명 無門이라고도 부른다.

비밀문의 문주.

역시 비밀로 싸여있다.

비밀문 2층 밀실.

밀실 가운데 흰 천이 가려져 있고

그 양쪽으로 각각 한 사람씩 두 명이 마주하고 있었다.

얼굴은 서로 알아볼 수 없게 되어 있다.

비밀문의 대화 방법이다.

"소연까지 희생하면서 지구로 쫓아버린 놈이 잘못하면 돌아올 수도 있을 것 같습니다!"

여인 목소리였다.

나이를 짐작하기 힘든 노쇠한 목소리였다.

"감찰어사가 천방지축으로 날뛰며 약초니 뭐니 우주선을 마구 지구로 보내는 것도 문제지만, 자율선이나 벽화이도까지 감찰어사를 좋아하는 모양입니다! 그 많은 우주선 중 단 하나라도 놈에게 뺏기면 천국

우주에서 온 소녀의 21세기 암행어사 ❺

성은 끝장입니다! 놈이 단 2년 동안 천국성에서 만든 인조인간이 무려 26명이나 됐습니다! 그들을 처치하는데 우리 비밀문 수하들이 2천여 명이나 희생당했습니다! 물론 그중 24명은 미완성이었고 단 두 명을 처치하는데 그렇게 희생이 많았던 것이지요!"

이번엔 남자 목소리가 들렸다.

"강철이나 감찰어사가 살아서 돌아올 확률은 전혀 없습니다! 그놈이 지구에 있으니까요!"

여인 목소리다.

"그렇다면……! 감찰어사와 강철을 희생양으로 선택하신 의도가?"

남자가 물었다.

"이씨 왕조도 바뀌어야 하지 않겠습니까?"

여인 목소리다.

"그럼 감찰어사는?"

남자가 물었다.

"그가 있으면 방해가 되니까요! 천국성에서 그를 이길 사람이 없잖아요! 지구에 있는 그놈뿐……!"

여인 목소리였다.

"역시……! 현명하십니다!"

남자가 아첨을 떨었다.

"내 남편에게 죄까지 뒤집어씌워 자암옥에 보냈는데. 계획에 차질이 있으면 안 되죠!"

여인이 말했다.

"제가 알기로는 이미 30여 명을 완성하신 걸로 알고 있습니다만?"

남자가 조심스럽게 물었다.

"호호호……."

여인은 그냥 웃기만 하였다.

"50명을 완성하고 계획을 실행하신다 하셨는데?"

남자가 다시 물었다.

"호호호…… 1년만 지나면 될 것 같습니다."

여인이 다시 웃었다.

"그들 하나면 감찰어사도 문제없을 텐데……! 왜 군이 지구로?"

남자가 다시 물었다.

"아직 드러나면 안 될 것 같아서. 또한 감찰어사는 너무도 완벽한 체질입니다. 1년만 지나면 무적이 될 겁니다! 그래서."

여인이 말했다.

"그렇게까지."

남자가 놀랍다는 말투다.

"네! 그래요! 몇천 년 만에 하나 나올까 말까 하는 완벽한 체질. 완벽한 두뇌. 몸과 마음까지 너무도 완벽합니다. 조금의 빈틈도 없이."

여인이 약간 떨리는 목소리로 말했다.

"대단하군요."

남자가 감탄했다.

"1년만 지나면 감찰어사가 와도, 놈이 돌아와도 무서울 것은 없습니다!"

여인이 말했다.

"하하하…… 시간이 말해 주는군요!"

남자가 호탕하게 웃었다.

"호호호…… 내가 천국성에 숨어 있는 줄 누가 알겠어요. 이 심효주가 말이에요. 호호······ 이제 우리도 술이나 한잔하러 갑시다!"

여인이 말했다.

헌데 심효주라니. 야두리혁의 둘째 부인 심효주. 그녀는 자살을 한 것으로 알려졌는데 천국성에 숨어서 천국성을 정복하려는 야욕을 갖고 있었던 것이다. 인조인간 50명을 만들고 자신의 남편 야두리혁과 영미가 함께 지구에서 같이 죽도록 음모를 꾸민 것이다.

"네, 그러지요!"

남자가 말했다.

철썩.

휘잉.

바람 소리와 파도 소리가 장단을 맞추듯 들려오는 바닷가 횟집.

긴 식탁 위에 푸짐한 고등어회가 한 상 차려져 있고.

소연 노파를 중심으로 양옆에 호목담군과 가림비가 앉아 있다.

맞은편에는 영미가 제일 우측에, 영미 옆에는 자율선이, 그다음 강철과 강희가 앉아 있었다.

모두들 열심히 회를 먹으며 소주도 한잔씩 마시고 있었다.

"우리도 이젠 별도로 행동을 해야겠어."

소연 노파가 말했다.

회를 상추에 싸서 한입 먹고 소주를 한잔 들면서.

"어떻게?"

가림비가 물었다.

"강철과 자율선 그리고 두 친구들이 함께 다니고. 우리 여자들 셋이 함께 다닌다!"

소연 노파가 이렇게 말하는 이유가 있다.

조금 전.

영미의 목소리가 귓속으로 들려왔기 때문이다.

"자율선과 강철 오빠를 천국성으로 돌려보내야 하겠어요. 이유는 우주선 때문입니다. 잘못하다간 우주선을 뺏길 우려가 있어서요. 강희는 아직 믿을 수 없으므로 제가 데리고 다니며 정체를 파악해야 할 것 같아요. 될 수 있으면 언니도 천국성에 돌아가시는 것이 좋은데. 언니 하고 싶으신 데로 하세요!"

영미의 뜻은 그랬다.

또한.

호목담군과 가림비 귓속으로도 영미 목소리가 이렇게 전해졌다.

"오늘 밤 아무도 모르게 돌아가세요! 전혀 가신다는 눈치를 아무도 모르게 하세요. 누군가 눈치 채면 위험합니다. 모든 언니 오빠들이 다 죽을 수도…… 누군가 우주선을 뺏으려고 합니다. 그러니 아무도 모르게 돌아가세요."

영미의 뜻을 전해 받고 호목담군과 가림비는 고개만 끄떡거렸다.

영미 목소리는 강철과 자율선에게도 이렇게 전달됐다.

"내일 천국성으로 돌아간다고 말하고 둘이 함께 떠나. 2시간쯤 가다가 자율선 너는 강철 오빠를 안고 최대한 빠르게 1시간만 도망가서 놀다가 이틀 후 한라산 정상에서 만나자! 이유는 나중에 말해줄게. 그냥 그렇게 따라줘!"

영미 뜻을 전달받고 모두들 그렇게 하기로 했다.

그래서 소연 노파가 연극을 하고 있는 것이다.

"그럴 필요 없어요! 저하고 강철은 내일 천국성으로 돌아갈 거예요!"

자율선이 말했다.

"바보야! 지금 말하면 안 되는데. 강희가 매달릴 텐데."

영미 목소리가 자율선의 귓속으로 들렸다.

아니나 다를까.

강희가 강철의 팔을 붙들고 매달리며 아양을 떨기 시작했다.

"오빠! 나도 데리고 갈 거지?"

강희는 강철의 팔을 두 손으로 잡고 절대 놔주지 않을 태세다.

"안 돼! 갔다가 와서 다시 데려갈게! 그때까지 감찰어사 호위 좀 해 줘! 부탁이야!"

강철은 영미의 뜻을 따라 다른 이유를 갖다 붙여서 강희를 떼어놓으려 했다.

"그래. 넌 내 옆에 있어!"

영미가 말했다.

영미답지 않게 무척 화가 난 표정으로.

"왜요? 전 천국성에 가보고 싶단 말이에요! 제발 저 좀 데려가라 하세요. 네? 부탁드려요! 제발요!"

강희가 영미에게 간절한 애원을 했다.

"지금은 안 돼! 우주선이 1인용이라서. 나도 그렇고…… 강철 오빠가 가서 5인용으로 갖고 와!"

영미가 강철에게 말했다.

"그, 그래! 꼭 5인용으로 가져와 소연 할머님과 강희도 데려가야지."

강철이 영미 뜻을 알고 맞장구를 쳤다.

"그럼, 담엔 꼭 데려가요?"

강희가 울상이 되었다.

"그럼! 반드시 널 데려갈 것이다!"

강철이 강희 등을 손바닥으로 토닥거리며 말했다.

아침.

호목담군과 가림비는 밤새 소리 소문도 없이 사라졌고.

자율선과 강철이 영미와 소연 노파, 강희에게 인사를 하고 길을 떠났다.

강희가 눈물을 흘리며 강철을 떠나보냈고

영미는 뭔가 회심의 미소를 짓고 있었다.

영미 눈은 멀리 돌담길 저편에 머물러 있었다.

누군가 숨어서 강철과 자율선을 조심스럽게 따라가는 모습이 보였던 것이다.

"역시! 어제 횟집에서부터 누군가 미행을 하고 있었어. 강희는 어젯밤 아무런 움직임도 없었다. 정말 강희는 첩자나 살수가 아니란 말인가. 더 두고 볼 일이다."

영미가 혼자 그렇게 생각했다.

"이제, 강희를 떼어놓을 생각이다. 소연 언니랑 둘이서만 다녀야지. 킥킥……."

영미는 혼자 생각하고 생글생글 웃었다.

"이유는 적이 오면 소연 언니 하나만 안고 도망가야 하니깐. 킥킥…… 둘씩 어떻게 들고 도망가."

영미는 다시 생각하며 생글생글 웃었다.

그런 영미 모습을 보며 소연 노파는 고개를 갸웃거렸다.

키가 몹시 작은 나무들이 모조리 남쪽으로 비스듬히 쓰러질 듯 위태롭게 서 있는 능선.

북풍이 얼마나 강하고 지속되었는지 나무들이 말해주고 있었다.

나무가 자랄 수 있는 여름철이 얼마나 짧았으면 나무의 나이를 짐작할 수 있는 나뭇가지 층층 겨우 손가락이 들어갈 정도로 붙어있었다.

능선이 둥글게 이어진 가운데 깊은 분지에는 물이 조금 고여 있었다.

한라산 정상이다.

강철과 자율선이 영미를 기다리며 정상을 왔다 갔다 하면서 따분한지 간혹 하품을 하기도 했다.

"저기."

어린 소녀가 하나 다가와서 강철에게 말을 걸었다.

12-13세쯤 되는 귀여운 소녀다.

"응?"

강철이 눈을 깜빡거리며 소녀에게 물었다.

"누가 아저씨 좀 보자고 하시던데요. 저기서."

소녀는 큰 바위 뒤를 가리키며 말했다.

그리고 보니 소녀는 누군가 심부름을 하는 것 같았다.

"그래? 고맙다!"

강철은 소녀에게 웃음을 보이며 소녀가 가리키는 큰 바위 뒤쪽으로 걸어갔다.

자율선은 마침 신기한 것을 발견한 듯 바위틈에서 자란 어린 새싹을 열심히 살피고 있는 중이었다.

"누구?"

강철이 큰 바위 뒤에서 기다리는 사람을 발견하고 의아한 표정으로 물었다.

처음 보는 사람이기 때문이다.

"저희 아가씨께서 공자님을 모시고 오라고 하셨습니다! 저를 따라오시죠. 바로 저기 앞에 계십니다!"

큰 바위 뒤에서 기다리던 50대 남자가 공손히 말했다.

강철은 가까운 거리고 또 남자가 악의가 없는 모습이기에 자율선을 부르지 않고 그냥 따라나섰다.

강철을 기다리는 아가씨란 사람은 50여 미터 떨어진 능선 너머에 있었다.

등을 돌리고 서 있던 여인은 강철을 데리고 왔다고 50대 남자가 공손히 말을 하자 그때서야 뒤돌아서서 강철을 바라보았다.

그런데,

아가씨란 여인이.

바로 선녀가 아닌가.

누군가에게 납치당했던 선녀.

준석과 함께 납치를 당했던 그 선녀다.

강철이 선녀를 알 리 없었다.

"헉! 엄청난 미인이다."

강철은 오로지 그렇게 감탄을 하면서 선녀에게 다가갔다.

"어서 오세요! 드릴 말씀이 있어서 잠깐 뵙자고 했어요."

선녀가 눈웃음을 치며 강철을 바라보았다.

강철은 두 눈이 휘둥그레지며 한눈에 반한 듯.

두 눈에 초점마저 잃기 시작했다.

"절 따라오세요."

선녀가 아름다운 목소리로 강철의 귓가에 입을 대고 속삭였다.

"헤…… 알았어요!"

강철은 입을 쩍 벌리고 헤픈 웃음을 흘리며 선녀를 따라가기 시작했다.

자율선은 새싹을 매만지며 호기심을 보이고 꽤 긴 시간을 그렇게 보냈다.

"그렇게 그 새싹이 신기합니까?"

자율선 등을 톡톡 두드리며 누군가 말을 걸었다.

"네, 네!"

자율선이 일어서서 자신의 등을 톡톡 두드린 사람을 바라보았다.

그런데,

자율선의 두 눈이 붉게 충혈 되어 있는 것이 아닌가.

자율선의 등을 두드린 사람은 준석이었다.

"손을 내미세요!"

준석이 말했다.

자율선은 순순히 두 손을 내밀었다.

철컥.

자율선의 두 손엔 수갑이 채워졌다.

철컥.

자율선의 다리에도 철족이 채워졌다.

"갑시다!"

준석은 자율선을 데리고 천천히 한라산 정상을 떠나갔다.

"흐흐흐…… 몽혼초를 30분이나 들여다보고 냄새를 맡다니 대단하다!"

준석이 남긴 한마디였다.

몽혼초.

사람의 혼을 빼놓고 마치 몽유병 환자처럼 만드는 풀.

그렇게,

강철과 자율선은 선녀와 준석이에 의해 납치되었다.

"어디 갔지?"

강철과 자율선이 납치된 후.

1시간은 지나서야 영미가 나타났다.

"킁킁…… 흠……! 몽혼초와 그 여시 냄새다. 선녀라고 했던가. 그 여시가 자율선과 강철 오빠를 납치할 정도로 강했던가? 몽혼초라 해도 강철 오빠한텐 영향을 주지 못하는데 이상하다."

영미는 강철과 자율선이 납치됐다는 것을 알았다.

"일단. 강희와 소연 언니를 데리고 와서 같이 쫓아가야겠다."

영미는 빠르게 몸을 날려 한라산 정상을 벗어났다.

"뭐? 자율선과 강철이 모두 납치?"

소연 노파가 화들짝 놀라서 소리쳤다.

"강철 오빠를 누가 납치했어요?"

강희는 강철이 걱정되는 모양이다.

금방 눈물이 쏟아질 것 같은 표정이다.

"선녀라고 하는 여시 같은 계집애가 있는데. 그년 짓이야!"

영미가 말했다.

얼굴엔 여전히 생글생글 웃는 모습 그대로이다.

"어딘지 알아요?"

강희가 물었다.

"그럼. 자율선과 감찰어사 시험 때 자율선에게 내가 특이한 향을 심어놨거든. 킥킥…… 물론 그 향이 없어도 만향이란 무학으로 찾아가면 되지만, 시간이 오래 걸리고…… 자율선에게 심어놓은 향은 나만 맡을 수 있는 향이기에 적이 교란 작전을 사용하지 못하지."

영미가 생글생글 웃었다.

"그럼 무슨 일 생기기 전에 얼른 쫓아가자!"

소연 노파가 서둘렀다.

"강희. 넌!"

영미가 뭔가 말을 하려다가 말았다.

"네에?"

강희가 영미를 바라보았다.

무슨 말을 하려고 하느냐 하고 묻는 표정으로.

"널 믿을게! 언니를 잘 부탁해!"

영미의 전음 밀어가 강희에게만 들리게 강희 귓속으로 전해졌다.

"네!"

강희가 활짝 웃으며 영미를 보고 고개를 까딱해 보였다.

"예감이 좋지 않아! 모두 조심해야."

영미가 혼잣말처럼 중얼거렸다.

"그러냐?"

소연 노파가 영미를 바라보며 두 눈을 껌뻑거렸다.

각오를 단단히 하고 있다는 표정으로.

"그럼! 갑니다!"

영미가 앞장섰다. 강희가 소연 노파 뒤에 바싹 붙어서 따라가기 시작했다.

"왜? 자율선과 강철을 납치했다고 생각하니?"

소연 노파가 영미에게 물었다.

바닷가 도로 위를 걸어가면서.

"뻔해요. 우주선 때문입니다!"

영미가 당연하다는 투로 말했다.

사람들 이목이 있어서 날지는 못하고 걸어서 가고 있었다.

"그럼 이미 말했을 것 아니냐? 몽혼초에 당했다면?"

소연 노파가 걱정스러운 듯 영미를 바라보았다.

영미는 생글생글 웃었다.

"왜? 뭔가 있구나?"

소연 노파가 영미 표정을 보며 물었다.

"네! 알아야 말하죠. 자율선이나 강철 오빠도 우주선이 어디 있는지 모르는걸요!"

영미가 재미있다는 듯 생글생글 웃었다.

"어떻게 그럴 수가?"

강희가 믿을 수 없다는 투로 말했다.

"킥킥…… 그런 일이 있어!"

영미는 그냥 생글생글 웃기만 했다.

"흠…!"

소연 노파도 의문이 생겼으나 영미가 말을 하지 않을 것이라는 것을 알기에 그냥 고개만 갸웃거렸다.

"그나저나 강철 오빠도 자율선도 나중에 구해야겠어요."

영미가 갑자기 심각한 표정으로 말했다.

영미의 입가엔 생글생글 웃는 표정이 사라졌다.

"무슨 일이냐?"

소연 노파가 물었다.

"무시무시한 자들이 우리를 이미 포위하고 있네요!"

영미가 말했다.

강희와 소연 노파가 주위를 살펴보았지만 아무도 없었다.

소연 노파는 영미를 의아한 표정으로 바라보았다.

"으으…… 모두 10명이네요. 모두 저보다 강해요!"

영미가 말했다.

"그럴 리가?"

소연 노파도 강희도 화들짝 놀라서 소리쳤다.

"크크크…… 사람들이 다치지 않게 우측 숲속으로 오시오!"

으스스한 목소리가 허공에서 들려왔다.

목소리를 듣고서야 소연 노파도 강희도 심각한 상황을 눈치 챘다.

"강희야! 언니를 끝까지 부탁한다!"

영미 목소리가 강희 귓속으로 들려왔다.

영미는 소나무 숲으로 방향을 꺾어 걸어가기 시작했다.

인재들의 집단, 청유회

"나 혼자 같으면 걱정 없는데. 소연 언니가 걱정이구나. 강희가 본모습으로 돌아와서 소연 언니를 보살펴주길 바라는 수밖에."

영미가 그렇게 생각하며 강희를 바라보았다.

영미는 강희가 아직 본래 능력을 한 번도 드러내지 않았다는 것을 알고 있었다.

그러기에 한 가닥 희망을 강희에게 걸고 있었다.

소나무 숲 가운데 모래사장이 길게 이어져 있었다.

모래사장이 아니라 모래밭이었다.

아직 아무것도 심지 않아서 빈 밭이었다.

영미는 그 모래밭 가운데 서 있었다.

영미를 가운데 두고 20대 청년들이 10명이 포위하듯 빙 둘러싸고 서 있었다.

강희와 소연 노파는 한쪽에 서 있었다.

"흐흐흐…… 우리가 누군지 이미 알고 있겠지?"

머리에 검은 모자를 쓴 청년이 말했다.

다른 청년들은 모두 청색 모자를 썼는데.

바로 그 청년만 검은색 모자를 쓴 것으로 보아 대장인 듯했다.

"알고 있지. 먼젓번 죽은 두 명. 그들보다 한 단계 높은 야두리혁의 상급 인조인간들이군."

영미가 생글생글 웃으며 말했다.

"죽이지는 않겠다. 데리고 가서 생체시험을 해야겠다. 자, 그럼 시작하자!"

검은 모자를 쓴 청년 말이 끝나자 10명 전원이 영미를 향해 일제히 공격을 시작했다.

영미도 빠르게 날아다니며 공격을 피하며 간혹 공격도 했지만,

영미 꼴이 말이 아니었다.

옷은 다 찢겨나가고 입에선 피를 흘리고 있었다.

"너무 다치게 하지 말거라! 생포해서 데리고 간다!"

대장 격인 청년의 말이 끝나자 영미를 향해 그물 같은 망사가 덮어 씌워지고

팔과 다리에도 밧줄이 휘감기 시작했다.

마치 인공지능이 있는 듯 스스로 알아서 영미를 포박하기 시작했다.

영미는 어쩔 수 없이 꽁꽁 묶여 움직일 수 없게 되었다.

"들고 가라!"

대장 격인 청년이 명령을 하자 한 명이 나와 영미를 들쳐업고 한쪽으로 섰다.

"……!"

대장 격인 청년이 소연 노파와 강희를 찾아 두리번거렸다.

없었다.

감쪽같이 사라졌다.

"허……! 이것 봐라! 그런 고수가 있었단 말이지. 우리들 눈을 속이고 사라질 만큼."

대장격인 청년이 어처구니없다는 표정으로 주위를 살피고 있었다.

"어차피 감찰어사만 필요했으니 그냥 돌아간다!"

대장격인 청년이 명령을 내렸다.

휘잉.

장내는 모두 사라졌다.

철썩.

휘이잉.

거센 바람과 파도가 벽면을 강타하고 있었다.

작은 창문 너머로 금방이라도 파도가 밀려 들어올 정도로 바닷가에서 가까운 집이었다.

좁은 실내엔 영미가 바닥에 아무렇게나 내팽개쳐져 쓰러져 있었다.

영미 온몸은 밧줄과 망사 같은 그물로 겹겹이 꽁꽁 묶여 있었다.

"킥킥…… 가깝게 냄새가 난다. 자율선과 강철 오빠도 여기에 있었군!"

영미는 쓰러져 있으면서도 두 눈은 멀뚱멀뚱 뜨고 생글생글 웃고 있었다.

"아무튼 제대로 잡혀 왔어!"

영미는 뭐가 그리 재미있는지 계속 생글생글 웃고 있었다.

털컹.

문이 요란스런 소리를 내며 열리고 청년과 간호사가 들어왔다.

영미는 두 눈만 껌뻑이며 청년과 간호사를 바라보았다.

"호호…… 두려워 마세요! 한숨 푹 자고 나면 당신의 생체 실험은 끝나 있을 거예요. 혹시 모르죠. 당신 팔과 다리가 반대로 붙어 있을지도. 호호……."

간호사는 간드러지게 웃으며 영미 팔뚝에 주사기를 푹 찔러 넣었다.

"마취제니깐 곧 편안해질 거예요! 호호……."

간호사는 웃으며 문밖으로 나가버렸다.

영미는 스르르 눈을 감고 말았다.

얼마 후 청년 하나가 들어왔다.

"흐흐…… 마취가 된 녀석을 굳이 묶을 필요야 없지!"

청년은 영미를 묶었던 망사 같은 그물과 밧줄들을 하나씩 모조리 풀어버렸다.

또 다른 실내엔 천정에 거꾸로 매달린 자율선과 강철이 온몸에 피투성이가 된 채 겨우 숨만 붙어 있었다.

청년들 둘이 고문 도구를 들고 있고.

그 앞에 등을 돌리고 서 있는 사람이 있었다.

"그래! 아직도 우주선이 어디 있는지 말을 안 한단 말이지?"

등을 돌리고 있는 남자가 카랑카랑한 목소리로 물었다.

"네! 정말 모르는 것 같습니다!"

고문 도구를 들고 있는 청년이 말했다.

"그걸 말이라고 하느냐? 자신이 타고 온 우주선을 어떻게 자신이 모를 수가 있어?"

등을 돌리고 있는 남자가 무척 화가 난 말투로 물었다.

"누군가에 의해 그 기억만 사라진 듯합니다."

청년이 공손히 말했다.

"그래? 그럴 수도 있겠지. 그렇다면 그가 누군가? 혹시 감찰어사?"

등을 돌리고 있는 남자가 다시 물었다.

"그건 아닌 것 같습니다! 감찰어사 실력이 형편없던데요. 그런 능력이 있을 수 없습니다!"

청년이 자신의 생각이 틀림없다는 투로 말했다.

"그렇다면 누굴까? 흠……! 저 쓸모없는 것들 역시 생체실험이나 하게 같은 방에다가 넣고 마춰나 시켜."

등을 돌리고 있던 남자는 그 말을 끝으로 실내를 나가 버렸다.

그런데.

그가 문을 열기 위해 팔을 뻗었을 때.

그의 손목에 × 자 모양의 흉터가 선명하게 보였다.

덜컹.

문이 열리고 청년 둘이 자율선과 강철을 들쳐 메고 실내로 들어와 바닥에 내동댕이쳤다.

쿵.

바닥에 떨어진 자율선과 강철이 약하게 꿈틀거렸다.

"가서 마취제 들고 오라고 해라!"

청년 하나가 다른 청년에게 말했다.

"알았다!"

청년 하나가 대답을 하고 밖으로 나갔다.

그 순간.

사르르르……

영미 모습이 연기처럼 사라졌다.

"헉! 이게 어찌 된 일이지!"

청년이 영미를 찾느라고 두리번거리기 시작했다.

"문제가 생겼다."

청년은 사태가 심각한 것을 느끼고 큰 소리로 동료들을 불렀다.

그리고

바로 그 순간.

자율선이 벌떡 일어서더니 쓰러진 강철을 등에 업고 번개같이 문밖으로 사라졌다.

"도망간다! 쫓아라!"

청년이 고래고래 소리를 지르며 자율선을 쫓아가기 시작했다.

우당탕탕.

요란한 발자국 소리가 들리며 자율선이 도망간 방향으로 모두들 쫓아가기 시작했다.

"무슨 일이냐?"

카랑카랑한 목소리가 들리고 있었다.

조그만 서재 같았다.

벽면 전체가 책꽂이들인데.

책은 겨우 10여 권뿐이었다.

"자율선이란 놈이 강철을 업고 도주하고 있습니다!"

청년 하나가 문밖에 무릎을 꿇고 엎드려 보고를 하고 있었다.

"감찰어사는?"

카랑카랑한 목소리가 다시 물었다.

10여 권 책이 꽂힌 벽면 앞에 있는 소파에 몸을 푹 묻고 있는 남자 목소리였다.

"그게……! 갑자기 연기처럼 사라졌다고 합니다!"

청년이 얼른 대답했다.

"이런! 내가 직접 나가봐야겠다!"

소파에 푹 파묻혀 있던 남자가 일어나 밖으로 나갔다.

밖에서 무릎을 꿇고 있던 청년도 얼른 일어나 남자 뒤를 따라갔다.

그런데,

10여 권 책들이 하나씩 사라지더니 결국 10여 권 다 연기처럼 사라졌다.

높은 빌딩들이 빽빽이 숲을 이루고 있는 서울.

30여 층 되는 빌딩 벽면을 마치 평지를 달리듯 번개같이 오르고 있는 그림자가 보였다.

빌딩과 빌딩 사이를 마치 가까운 돌다리 건너듯 쉽게 건너뛰기도 하였고.

어떤 곳은 날개라도 있는 듯 공중을 훨훨 날아가기도 했다.

그렇게 날아가던 그림자는 어느 빌딩 유리창으로 들어가 버렸다.

"

우주여행을 하다 보면
신기한 별들이 많아.

"

"

지구인들이 좋아하는 황금이
돌처럼 굴러다니는 별도 있고
우리별은 지구인들이 다이아몬드라 하는 것들이
돌처럼 굴러다니지.

"

제10장

청유회

f 빌딩.

47층 4721호실.

회색 방화문이 굳게 닫혀있고.

문에는 이렇게 쓰여 있었다.

경은금융.

문을 열고 안으로 들어가면 달랑 원룸 하나에 2층 침대만 3개가 나란히 있고

주방 시설과 화장실만 있었다.

방에는 지금 자하경은이 창문으로 들어온 손님을 맞고 있었다.

강철을 업고 온 자율선이다.

2층 침대엔 소연 노파와 강희가 깊은 잠에 빠져있었다.

"어서 오세요! 힘드셨죠?"

자하경은이 자율선에게 시원한 오랜지 주스를 한 잔 따라주며 물었다.

"아닙니다! 문주님! 그런데, 언제부터 여기 계셨어요?"

자율선이 물었다.

"이모님이 말씀 안 하시던가요?"

자하경은이 되묻고 있었다.

"아뇨. 그냥 절 간단하게 치료만 해주시고 여기로 가라고 귓속말을 하셔서 오기는 했습니다만."

자율선이 말했다.

"아! 그러세요? 그럼 이모님이 오시면 자세히 물어보시고요. 우선 강철님을 치료해야 하겠네요!"

자하경은이 강철 상태를 살피며 말했다.

"네에. 네!"

자율선이 대답하면서 한편으로 비켜섰다.

"우선 씻고 오세요!"

자하경은이 화장실을 손으로 가리키며 말했다.

"그런데, 한 가지만 물어볼게요?"

화장실로 향하던 자율선이 궁금해서 못 견디겠다는 투로 다시 물었다.

"뭔데요?"

자하경은이 되물었다.

"감찰어사님이 어떻게 투명인간으로 변하죠?"

자율선이 영미가 모습은 모이지 않는데

자신을 치료하고 귓속말을 하던 것을 생각하며 물었다.

"만리비라는 잠영 기술입니다! 이모님이 저도 가르쳐 주셔서 저도 압니다!"

자하경은이 대답했다.

"와! 대단한 기술입니다. 곁에서도 전혀 보이질 않던데."

자율선은 감탄했다

지금까지 자신의 경공만이 가장 빠른 경공이므로 자부심을 갖고 있었는데.

몸을 보이지 않게 숨기는 기술이라니.

자율선으로선 영미를 다시 보게 된 것이다.

"적들이 냄새를 맡고 추격하므로 이곳 사방 100여 리 즉 서울 전체가 우리 독문의 특별한 독향으로 모든 냄새를 중화시켰으므로 추격은 없을 겁니다. 그러니 안심하시고 푹 쉬세요."

자하경은 강철을 치료하며 말했다.

자율선은 자하경은의 말을 듣고 또 한 번 놀랐다.

적들이 미행을 못 하도록 했다는 것은 서울에선 안심하고 돌아다녀도 된다는 뜻이다.

자율선으로선 이젠 강철을 안고 도망 다니느라 힘들이지 않아도 된다는 것을 의미한다.

자율선은 안심이 되니 더욱 피로감이 몰려왔다.

2층 침대 위에서 깊이 꿈속을 헤매는 소연 노파와 강희를 이해할 수 있을 것 같았다.

"감찰어사님은 왜 안 오실까."

자율선은 영미를 걱정하며 혼자 중얼거렸다.

"오실 테니 안심하십시오!"

자하경은이 말했다.

자율선이 자하경은을 슬쩍 바라보더니 화장실로 들어갔다.

자하경은은 강철을 치료하면서 영미의 말을 떠올렸다.

독문에서 제자가 위급한 상황에서 어쩔 줄 몰라 덜덜 떨고 있는데.

영미가 자하경은의 등을 토닥거리며 가르쳐주던 의술이다.

독문.

독문의 문주 자리를 맡고

처음엔 자신만만했던 자하경은이지만.

차츰 자신을 잃어갔다.

무술 면에서는 제자들보단 겨우 한 수 위라곤 하지만.

다른 문주들과는 비교도 안 되는 수준이었다,

독술이나 의술은 책으로만 배웠을 뿐 실전이 없었다.

독문의 문주직을 맡은 지 겨우 1달쯤 되는 어느 날.

"문주님! 큰일 났습니다! 상인문과 시비가 붙어서 우리 독문 제자들이 크게 다쳤습니다!"

독문의 제자 하나가 다급하게 보고를 했다.

상인문과 사소한 시비 끝에 독문 제자들만 다치는 치욕적인 일이 발생했다.

자하경은은 우선 다친 제자들을 치료하기로 했지만.

실제 치료를 해본 적이 하나도 없었던 자하경은이 제대로 치료를 할 수 있을 리 만무했다.

그때 영미가 나타났다.

"너의 손으로 사람을 치료하려면 우선 환자가 너의 몸이라 생각하면 된다. 즉 네가 너의 몸을 치료한다고 생각해라! 죽고 사는 걸 두려워 말아라!"

영미가 자하경은에게 말을 하면서 자하경은의 손을 잡고 치료를 하기 시작했다.

"독술과 의술은 역행한다 하지만 결국은 치료를 위한 것이니 결론은 같다!"

영미는 다시 자하경은의 손을 잡고 치료를 가르쳐주며 말했다.

"자! 여기를 이렇게 꿰매고. 이곳은 잘라내고."

영미는 열심히 의술을 가르쳐 주었다.

치료가 다 끝나고.

영미는 자하경은에게 무술을 가르쳐 주었다.

만리추영에 추풍낙엽과 만리비.

그리고 무신 심주덕의 무술 등.

그렇게 영미에게 무술을 전수받고 자하경은은 타 문주들과 어깨를 나란히 할 수 있었다.

그러면서,

영미는 자하경은과 함께 새로운 조직을 하나 만들었다.

천국성의 젊은 사람들이 모여서 만든 단체.

청유회.

자하경은이 초대 회장직을 맡고 있다.

청유회는 영미가 감찰어사가 되면서 기하급수적으로 많은 인원이 모이기 시작했다.

세밀한 정보와 인간성을 바탕으로 선발하여 가입을 시킨다.

영미의 늙은 오빠 언니들이 비밀리에 무공을 가르치고 있다.

청유회는 영미와 자하경은에게 엄청난 정보를 수집해주고 있었다.

있으면서도 없는 듯 사람들 이목에서 벗어나 가입 인원은 많지만 아는 사람이 하나도 없는 단체였다.

자하경은이 그런 생각을 하면서 강철 치료를 끝내고 의복을 제대로 입혀주고 있을 때,

창문으로 영미가 날아 들어왔다.

"이모!"

자하경은이 마치 어린아이처럼 달려들어 영미를 와락 끌어안았다.

"켁켁…… 숨 막혀."

영미는 호들갑을 떨고 있었다.

"이모! 오랜만이야! 혜헤……"

자하경은이 영미를 소파로 인도하며 반가워했다.

"켁켁…… 숨 막혀 죽는 줄 알았네. 킥킥……"

영미가 호들갑을 떨며 생글생글 웃었다.

"이모!"

자하경은이 소파에 앉는 영미를 바라보며 불렀다

"왜?"

영미가 퉁명스럽게 물었다.

"헤헤…… 다른 바보들은 다 깊은 잠에 곯아떨어졌다."

자하경은이 장난기 있는 표정으로 미소를 지었다.

"촌스럽게. 아직도 써먹고 있었어?"

영미가 자하경은을 바라보며 미소를 지었다.

"이모가 가르쳐준 것인데 쉽게 버릴 수야 없다. 이거거든!"

자하경은이 영미를 향해 엄지손가락을 세워 보였다.

"그래서? 언제까지 재우려고?"

영미가 물었다.

"응! 소연 할머니랑 강희란 여시는 1시간쯤 지나면 일어날 거야."

자하경은이 미소를 지으며 말했다.

"그래? 청유회에선 몇 개나 만들었어?"

영미가 갑자기 생각이 난 듯 물었다

"아직…… 8개밖에 못 가지고 왔어. 그리고 새로운 것도 하나 개발했는데 이모한테 딱이야. 잠깐! 보여줄게."

자하경은이 책상 서랍에서 뭔가를 꺼내 가지고 영미 앞으로 왔다.

자하경은이 들고 있는 것은 보라색 나비 모양. 아니 살아있는 나비였다.

"오호!"

영미가 감탄했다.

"이건 먼저 것보다 더욱 강해지고 늘 어깨에 앉아서 주인을 보호하는데, 어떤 무기의 공격으로부터 주인을 완벽하게 보호하고 주인을 노리는 적을 알아서 처치하는 지능이 뛰어난 로봇이야!"

자하경은이 자랑스럽게 설명했다.

"예뻐서 좋다!"

영미가 나비 모양의 로봇을 손바닥에 올려놓고 칭찬을 했다.

그런데

나비 모양의 로봇이 알아듣기라도 한 듯.

영미를 한 바퀴 날아서 돌더니 양쪽 어깨 위에 사뿐히 올라앉는 것이 아닌가.

"어때? 길거리 그냥 돌아다닐 땐 남들이 장식품으로 알겠지?"

자하경은이 영미 생각을 물었다.

"그래! 잘 만들었다. 우리의 적은 생각보다 무척 강하다! 우리가 상대하려면 우리의 과학의 힘이 필요하다. 그래서 그런 지시를 내린 것이야. 이건 내가 사용하고 8개 만든 것은 네가 2개 강철 오빠 2개 소연 언니 2개 그리고 벽화이도에게 2개를 줘라!"

영미가 어깨에 앉은 나비 모양의 로봇을 손으로 매만지며 말했다.

"벽화이도? 그가 여기에 있어?"

자하경은이 놀랍다는 표정으로 물었다.

"그래. 벽화이도 그가 비밀리에 임무를 수행하고 있다. 벽화이도 것은 내가 전해주마! 아직 아무도 그의 정체를 알아서는 안 되거든."

"킥킥……."

영미가 다시 생글생글 웃었다.

"알았어! 이모가 알아서 하겠지."

자하경은이 대답을 하고 일어서서 다시 책상 서랍에서 뭔가를 꺼내 영미 앞에 내려놓았다.

인형인가.

사람 모양의 남녀 한 쌍.

크기는 어른 주먹만 한 몸집이 뚱뚱하고 귀여운 형태로.

양손에는 숟가락과 젓가락을 각각 들고 있다.

"이모 것은 이름이 초하. 이것들은 갑순이 갑돌이라고 붙였어. 헤헤…… 재미있지?"

자하경은이 영미 어깨에 앉은 나비 모양 로봇과 영미 앞 탁자에 놓인 사람 모양 인형을 하나하나 손가락으로 가리키며 말했다.

"아무튼 수고했다. 앞으로 더욱 강하고 완벽한 것을 발명해야 할 것이야! 모두에게 그렇게 전해! 의문에서도 의료용 로봇 개발에 전력을 다하고 있으니깐. 그런 것도 생각해보고 말이야!"

자하경은에게 영미가 명령조로 말했다.

"알았어! 이모 명령을 전달할게!"

자하경은이 대답을 하면서 입에 손가락을 갖다 대고 소연 노파와 강희 자는 모습을 살폈다.

"이 여시가 일어나려고 하네. 생각보단 무술이 강한데!"

자하경은이 강희를 살피며 영미에게 말했다.

"아마 그럴 것이야! 어쩌면 나보다도."

영미가 말했다.

"뭐? 이모보다?"

자하경은이 놀랍다는 표정이다.

"킥킥……."

영미는 그냥 생글생글 웃었다.

영미는 탁자에 놓여 있던 인형 로봇 갑돌이, 갑순이를 품속에 집어넣었다.

영미는 어깨에 앉아있는 나비 모양 로봇 초하를 매만지며 깊은 회상에 잠겼다.

청유회를 만들기 시작했던 계기와 자신의 어머니, 아버지, 오빠를 살해했던 원흉들의 정체 등.

영미의 과거 이야기

청유회.

겉으로는 자하경은이 회장직을 맡고 있지만.

실제 회장은 역시 영미다.

영미가 만든 조직이다.

청유회는 천국성 제일의 영재들 집단이다.

한마디로 천국성 최고의 두뇌집단이라고 봐야 옳을 것이다.

그 인원이 몇인지.

누가 청유회원인지.

절대 비밀로 싸여있다.

비록 청유회 회원이라 하여도

모든 것이 점조직 형태로 겨우 1~2명 정도만 알고 있을 정도다.

그들이 연구를 하거나 모임을 갖는다 해도 모두 복면을 하고 근무하고 모인다.

표면적으로 그 청유회 뒤에는 독문이 있다.

청유회가 하는 일은 크게 3가지로 나뉜다.

첫째, 강력한 전투용 로봇 개발이 그 첫 번째 목적이며

둘째, 우주 전체의 정보를 수집하는 데 그 두 번째 목적이 있고

셋째, 지구는 물론 주변 다른 별나라의 인재들을 발굴해서 연구와 평화 노력에 동참시키는 것이 그 세 번째 목적이었다.

항벌.

어른 팔뚝만큼 큰 벌.

천국성에서 봄이면 가장 흔하게 날아다니는 곤충이다.

너무 커서 무섭기도 하겠지만 성격이 너무도 순하고 사람을 잘 따른다.

항벌의 꿀은 인간에겐 없어서는 안 될 중요한 식량이고 약제였다. 인간을 막무가내로 공격하는 특성 때문에 사람들이 닥치는 대로 잡아 멸종 위기이었는데, 꾸준한 노력으로 온순한 성격으로 복원해서 인간들의 친구가 된 곤충이기도 했다.

대연.

연못이나 물가에 피는 꽃이다.

크기가 너무도 커서 그 길이가 무려 10미터는 되고 꽃술 크기도 굵기가 지름이 1센티는 되고 길이가 2미터는 된다. 지구에서 연꽃을 가져와서 개량한 식물이며 꽃잎도 잎과 뿌리도 다 인간에게 식용으로 사용이 가능하게 개발한 것으로 천국성 인간들에게 인기가 좋다.

그런 큰 꽃들이 있기에 항벌 역할이 반드시 필요하다.

청난.

역시 큰 꽃이다.

넓이가 5미터 정도 되고 깊이가 10미터는 되는 나팔꽃 같은 형태로 청색 꽃이다. 역시 지구에서 나팔꽃을 가져와 유전자 변형해서 식용 식물로 개발한 것이었다.

지화.

땅속에서 봄이 되면 꽃만 나오는데,

둥근 방망이형 꽃이다.

지름이 3미터 정도에 길이가 12미터 정도 큰 방망이 형태에 온통 털 모양으로 꽃술이 다닥다닥 붙어 있는데.

지화의 꿀이 가장 맛있고 향도 좋다. 지화는 천국성 토종 식물이다.

항벌이 해야 할 역할이 대연, 청난, 지화의 꿀을 따거나 수정시키는 것이다.

대연 꽃은 봄에만 피고 1달 정도 지나면 열매가 맺는다.

그 열매를 인간들이 양식으로 쓰는데 식물에서 나는 단백질로 연실이라고 부른다. 열매의 크기가 보통 1킬로그램 정도 되는 것이 꽃 하나에 30여 개씩 달린다. 연실을 수확하는 것은 늦은 가을철이다.

청난에서는 400그램 정도의 길쭉한 열매가 수백 개씩 열리는데

그 무게를 못 이겨 열매를 맺은 난 대가 땅바닥으로 쓰러지게 된다.

그 열매를 청실이라고 부른다.

청실은 반찬용으로 주로 쓰이는데 그 맛이 아주 좋다.

지화에서도 100그램 정도의 동그란 과일이 열리는데 꽃대 하나에 잘해야 10여 개 달린다.

가격이 가장 비싼 과일 중 하나인데,

향이 너무 좋아서 천국성 사람들에겐 가장 인기가 좋은 과일이다.

항벌이 온통 하늘을 까맣게 수놓으며 시끄러운 날개 소리를 내기 시작하는 봄. 큰 연못에는 대연이 활짝 피어있고 넓은 들에는 청난이

드문드문 지화와 같이 피어있는 넓은 초원 위에 조그만 집이 한 채 있었다.

다이아몬드를 잘 다듬어 담장을 쌓고,

녹색 진주석으로 차곡차곡 쌓아 벽을 만들고 지붕은 하얀 수정석으로 얇게 만들어 깔아놓은 20여 평 되는 집.

작은 오솔길을 따라 집으로 걸어가면 향긋한 지화의 향이 물씬 풍기고 대문도 없는 담장 사이에 현관으로 들어가면 양쪽 옆으로 나무가 딱 한그루씩 두 개가 서 있고 그사이에 건물로 들어가는 특수철로 된 문이 굳게 닫혀있다.

나무는 지구에서 가지고 가서 현지 적응을 시킨 소나무였다.

건물 현관 위에는 작은 문패가 하나 붙어있었다.

자란초원 12-1번지 정영미.

우편물을 위한 주소와 이름.

바로 영미를 위해 독문과 무문에서 합작으로 마련해준 집이다.

대지는 무려 23만 평.

건물은 달랑 20평.

그러나

그 대지에 심어진 대연, 청난, 지화. 그 농작물만 하여도 일개 문파 식구들이 1년은 먹을 수 있는 양이 되지만.

그 속에 숨겨진 것이 하나 있었으니.

바로 영미를 보호하려는 천연 방어벽이었다.

영미 나이 어느덧 15살이 되었다.

초봄.
2월 달이 천국성에선 초봄이다
천국성은 가장 바쁘게 움직이기 시작했다.
바로 30년마다 실시되는 감찰어사 선발대회가 3일 앞으로 다가왔기
때문이다.

두 개의 방.
거실과 주방.
그리고 화장실과 목욕탕이 따로 있다.
방 하나엔 영미가 또 하나엔 자하경은이 생활한다.
주방에선 자하경은이 열심히 음식을 만들고 있었다.

천국성에서 빛의 속도로 1일만 가면 되는 이웃 별.

빽탐쮸.
천국성 사람들은 이 별을 백타성이라 부른다.
이곳에는 날개가 달린 인간들이 살고 있는데,
천국성 보단 100여 년 문명이 앞선 별이다.

이 별에서 가지고 와서 천국성에서 기르는 동물이 있는데

그 이름이 고란.

키가 크고 몸집이 가는 것이 무척 빠르다.

천국성에선 식용으로 기르는데 그 고기 맛이 일품이다.

자하경은이 지금 고란 고기를 굽고 있다.

주방이 온통 구수한 고기 굽는 냄새가 가득했다.

"고란 고기에는 역시 쑥갓이 최고지. 흥흥……."

자하경은이 고기를 굽고 쑥갓을 씻으며 혼자 콧노래를 부르며 흥겨워하고 있었다.

"이모가 일어나기 전에 얼른 식사 준비를 마쳐야지. 헤헤"

자하경은이 힐끗 영미가 자는 방문을 바라보며 혼잣말로 중얼거렸다.

자하경은이 음식을 준비하고 있는 그때.

영미는 아직도 깊은 잠에 빠져있었다.

다른 때 같으면 벌써 일어나서 운동도 하고 음식 준비도 하고 그럴 시간이었는데

오늘은 아직도 잠을 잔다.

자하경은 때문이다.

"이모는 역시 천재야! 어떻게 약물도 아닌 최면으로 상대방 잠자는 시간까지 조절할 수 있다는 것을 알았을까. 헤헤. 이모는 3일 후면 감찰어사 시험을 봐야 하니 푹 쉬어야 해. 헤헤. 이모한테 배운 걸 이모한테 써먹을 줄 몰랐지롱… 헤헤……."

자하경은이 입술을 삐쭉 내밀며 혼자 즐거워하고 있었다.

바로 영미가 혼자서 개발하고 배운 최면술.

상대방을 몇 시간 잠자게 조절을 할 수 있는 최첨단 최면술이다.

이 최면술로 자하경은을 잠자게 만들고 혼자 아침 식사도 만들고 운동도 하고 그런 일이 많았지만 자하경은은 첨엔 몰랐다가 뭔가 이상해서 영미에게 아양을 떨며 물어보니 영미가 가르쳐줬다.

그걸 지금 영미에게 써먹은 것이다.

영미는 자하경은이 아침 식사 준비를 다 마친 시간에 일어났다.

"킥킥…… 똑똑한 녀석! 나한테 써먹었다 이거지."

영미가 일어나자마자 생글생글 웃으며 혼자 중얼거렸다.

영미는 이미 자하경은이 자신한테 최면을 걸어 잠자게 만든 것을 알고 있었다.

영미는 방을 나가서 바로 욕실에 들어가서 세수를 했다.

세수를 마친 영미는 주방으로 향했다.

"이모! 일어났어?"

자하경은이 회심의 미소를 머금고 영미에게 인사를 했다.

"킥킥…… 이제부터 너와 나한테는 최면 쓰기 없기?"

영미가 생글생글 웃으며 자하경은에게 말했다.

"알았어! 헤헤……."

자하경은이 얼른 대답하며 영미에게 식탁에 앉으라는 신호를 했다.

"경은이가 차려준 음식 맛 좀 볼까."

영미가 식탁에 앉아 젓가락을 들며 말했다.

"헤헤……."

자하경은이 영미를 바라보며 그냥 웃기만 했다.

"너도 앉아서 얼른 먹어! 맛있네!"

영미가 고란 고기를 쑥갓에 싸서 먹으며 말했다.

"맛있어?"

자하경은이 영미에게 물었다.

무척 행복한 표정으로.

"응! 너무 맛있다. 얼른 먹자. 얼른 먹고 박영지를 만나러 가야 한다. 이런 약속 시간이 늦겠다."

영미가 음식을 먹는 속도가 조금 빨라졌다.

자하경은도 앉아서 음식을 빠르게 먹기 시작했다.

2033년 지구 이야기

하나와 수민이는 지수를 따라 동해에 갔다.

동해에서 3명의 남자들이 동행을 했다. 바로 영미가 부하로 삼은 갈매기파 3인이다.

"아저씨들은 이 책에 나오는 실종된 사람들을 찾아보라고 하십니다."

수민이가 10여 권의 책을 갈매기파 3인에게 골고루 나눠줬다. 영미가 야두리혁의 사무실에서 들고나온 책이다.

"비밀리에 움직이셔야 합니다. 적들이 눈치 채면 아저씨들은 죽습니다."

하나가 말했다.

"엄청 많은 숫자네요? 이들이 다 실종된 사람들이라고요?"

갈매기파 1인이 물었다.

"네! 아마 지난 100여 년간 실종된 사람일 겁니다. 극비로 조사를 하시고 그 내용은 바로바로 제게 알려주세요."

지수가 말했다.

"네! 알겠습니다."

갈매기파 3인은 동시에 대답하고 책을 들고 골목으로 사라졌다.

"야호……! 오랜만에 바다 구경이다. 우리 신나게 놀자."

하나가 쪼르르 바다로 달려가며 말했다.

"호호…… 나는 고향에 온 느낌이네."

지수가 웃으며 하나 뒤를 따라 걸었다. 수민이만 아무 말도 없이 주위를 두리번거리며 서 있었다.

"흠……! 뭔가 강력한 적이 다가오는 느낌이다. 어제부터 나를 경호하던 스승님 조카분은 헨리를 데리고 어디로 갔고, 조심하라는 당부를 잠시 잊은 것 같다. 위험이 닥쳐오고 있어."

수민이 표정은 암울해져갔다.

바다를 향해 달려가는 하나와 지수를 바라보며 수민이도 급히 지수 뒤를 따라 걸었다.

"지수야!"

수민이가 지수를 불렀다. 지수가 걸음을 멈추고 수민이를 바라본다.

"뭔가 느낌이 없어?"

수민이가 물었다.

"호호…… 서울에서부터 줄곧 우리들을 따라왔어. 2명인데 우리들은 상대가 안 돼. 스승님이 이야기하던 야두리혁의 신형 인조인간 같아."

지수가 조그만 목소리로 말했다.

"저들이 왜? 아하! 우리를 잡아 인질로 삼으려고."

수민이가 뭔가 깨달은 표정으로 말했다.

"맞아! 우리를 잡아 스승님을 협박하겠지. 아니며 유인하던가."

지수가 말했다.

"부닥쳐 보자. 한적한 바닷가로 가자."

수민이가 말했다.

"그래. 어차피 벗어날 수는 없으니 한번 상대해봐야지."

지수가 고개를 끄덕이며 말했다. 지수는 말을 마치고 곧바로 하나에게 달려가 하나에게 뭐라고 말을 하며 한적한 바닷가로 걸어갔다. 그 뒤를 수민이도 따라갔다.

"하! 저런 미남자들이!"

지수가 호들갑을 떨었다. 이미 지수 일행을 기다리고 있듯이 한적한 바닷가에 두 청년이 서 있었다. 맑고 하얀 피부에 서글서글한 눈매를 가진 전형적인 미남자들이다.

"흐흐…… 대담하게도 우리를 유인하였다? 그 오만이 무덤을 판 것이다."

우측에 청년이 징그럽게 웃으며 말했다.

"우리가 상대해볼게."

지수와 하나는 수민이를 뒤에 두고 두 청년 앞으로 나섰다.

"흐흐…… 그럼 슬슬 시작해볼까."

두 청년도 지수와 하나를 각각 마주 보고 섰다. 하나와 지수는 서서히 느낄 수 있었다. 두 청년은 자신들보다 몇 배는 강하다는 것을. 하나는 영미가 준 무기를 꺼내 들었다.

"어쩌면 우린 여기서 죽을 수도 있어. 산채로 잡혀가지는 말자. 그럼 스승님께 누가 되잖아. 죽을 때까지 싸워보자."

하나가 지수를 보고 말했다. 지수는 그냥 미소만 짓고 있었다.

뒤에서 지켜보는 수민이 두 눈이 파랗게 빛났다.

두 청년과 지수와 하나가 드디어 싸움을 시작한 것이다. 허나 하나와 지수는 두 청년의 상대가 아니었다. 금방 수세에 몰리며 옷이 찢어지고 피가 보이고 있었다. 순간 수민이 손에서 작은 침을 두 개, 두 청년을 향해 던졌다.

푸시시.

메케한 연기를 뿜어내며 두 침은 청년들에게 날아갔다. 청년들은 당황하며 두 침을 자신들 손으로 쳐내려 했다.

파…… 하……

수민이가 던진 침은 작게 쪼개지며 수십 개로 변해 두 청년의 몸으로 박혀버렸다.

"크억."

두 청년은 비명을 지르며 뒤로 벌렁 쓰러졌다.

지지지직.

메케한 냄새와 함께 타는 소리가 들리며 두 청년의 몸은 재로 변해 흩어졌다.

짝짝짝……

"와! 그게 수민이가 만들었다는 무기야?"

하나가 박수를 치며 물었다.

"응. 스승님이 준 혼천기를 새롭게 만들어봤어."

수민이가 말했다.

"역시 결국 만들고 말았군. 성공했네?"

지수가 말했다.

짝짝짝……

갑자기 박수 소리가 들렸다. 수민이 일행은 얼른 박수 소리가 들리는 곳으로 머리를 돌렸다. 저쪽 바위 뒤에서 40대 남자가 하나 걸어 나오며 박수를 치고 있었다.

"좋은 구경이었다. 그래서 더욱 너희들을 잡아가야겠다."

중년 남자는 조용한 음성으로 말했다.

"헉! 엄청나다. 조금 전 두 청년과는 비교도 안 된다."

수민이 일행은 공통적으로 그렇게 느꼈다.

중년인은 두 손을 들어 수민이 일행을 잡아당기는 시늉을 했다.

"어어……."

수민이 일행은 마치 자석에 쇠붙이가 달라붙듯 중년인 손으로 끌려가고 있었다.

"으으…… 이젠 우린 이렇게 잡혀가면 안 되는데. 그럼 스승님께 누가 되는데. 최후의 일격을 가하고 우리도 같이 죽자."

수민이가 하나와 지수를 보며 눈빛으로 그렇게 말했다. 하나와 지수도 고개를 끄덕였다.

수민이는 손에 작은 침 하나를 꺼내 들고, 하나 역시 무기를 들고, 지수도 두 주먹을 불끈 쥐었다.

헌데. 갑자기 비릿한 냄새가 나며 신기한 일이 발생했다. 중년인이 다리부터 차츰차츰 물로 변해 사라지고 있었다.

"으악! 세상에 이런 독이……."

중년인은 그 말을 마지막으로 온몸이 물이 되어 모래 속으로 스며들고 말았다.

"헉! 어찌 된 일이지?"

수민이는 얼른 손에 든 침을 몸속에 넣으며 어리둥절한 표정으로
말했다.

"그러게. 누가?"

지수와 하나도 어리둥절하고 있었다.

중년인이 나오던 바위 뒤에서 청년가 하나 걸어 나오고 있었다.

"헉! 저 청년도 신이다. 누굴까?"

수민이 일행이 공통적으로 느끼는 내용이었다.

"세 분은 지체하지 말고 이곳으로 오시랍니다."

길게 머리를 늘어뜨린 청년이 바위 뒤에서 걸어 나오며 쪽지를 수민
이에게 줬다.

"네? 누구신지?"

지수가 얼른 물었다.

"문주님을 호위하는 독군이라 합니다."

청년이 조용한 음성으로 말했다. 천국성 독문의 최강 고수 독군이
나타난 것이다.

"문주님이라 하심은?"

수민이가 물었다.

"가보시면 압니다. 세 분들 스승님은 저희 태상문주님이시고 현재
문주님은 그분의 조카분이십니다."

독군이 고개를 까닥하며 인사를 하고 팍 하고 사라졌다.

"허! 세상에⋯⋯ 저분도 역시 신이시네."

하나가 감탄하며 말했다.

"스승님 조카분을 드디어 만나는 거야. 헨리도 거기 있을까?"

수민이가 설레는 마음으로 독군이 주고 간 쪽지를 살펴보며 말했다.

"아까 봤어?"

지수가 수민이와 하나를 번갈아보며 물었다.

"뭘?"

하나가 의아한 표정으로 물었다.

"저 독군이란 청년 말이야. 걸어오는데 바위에 붙은 식물들이 다 녹아내리더라고."

지수가 놀랍다는 표정으로 말했다.

"헉! 그랬어? 언젠가 들은 이야기가 있어. 천국성이란 별에 3군이 있는데 모두 우리 스승님을 좋아한다고. 그중 독군이 젤 무섭다고. 독군이 지나가면 주위에 식물들이 다 죽을 정도라고."

하나가 말했다.

영미의 과거 이야기

박영지.

올해 20세.

큰 키에 얼굴도 잘생겨서 천국성 여성들에게 인기가 많은 남자다.

무문의 정보국장.

어린 나이에 정보국장직을 맡을 만큼 그의 능력은 뛰어났으며

무술 또한 높았다.

영미는 자하경은을 대동하고 박영지를 만나고 있었다.

무문 정보국 밀실.

"어서 오십시오! 문주님!"

박영지는 공손하게 영미를 맞이했다.

"바쁘신데 만나자고 해서 미안합니다!"

영미가 박영지의 두 손을 맞잡으며 말했다.

"아닙니다! 문주님이 명하시면 언제라도 달려가야죠!"

박영지가 얼른 말했다.

"자! 앉읍시다."

영미가 두 손을 놓고 맞은편 소파에 앉으며 말했다.

박영지가 맞은편 소파에 앉았다.

고란 가죽으로 된 소파다.

황색을 띠며 포근한 느낌을 주는 것이 특징이다.

천국성에선 모든 재료에 될 수 있으면 염색은 안 한다.

인체에 조금이라도 해로운 것은 사용하지 않으므로.

"문주님 부탁으로 조사를 해본 내용입니다!"

박영지가 하얀 A4용지 크기의 종이 서너 장을 영미에게 내밀었다.

영미는 그 종이를 받아 꼼꼼히 읽어 내려갔다.

영미의 표정은 수시로 변했다.

종이에 적힌 내용이 무엇인지 읽는 순간순간 놀람과 분노가 얼굴에 나타났다.

"생사인의 부인이라고요?"

영미가 종이를 다 읽고 놀랍다는 표정으로 물었다.

"네! 그렇습니다. 생사인은 부인이 둘이었는데 그중 하나입니다. 토목담향, 심효주. 이렇게 둘이었는데 심효주는 생사인이 자암옥에 떨어진 후 스스로 자결을 한 것으로 기록되어 있고요. 토목담향은 당시 24세로 너무 어려서 사람들이 별로 관심을 두지 않았는데 11년 전, 문주님 부모님께서 한 알의 알약을 얻으셨는데 그것이 무황의 무황단이었습니다. 그 무황단을 뺏기 위해 문주님 부모님을 해치고 그 무황단을 차지한 것이 토목담향으로 밝혀졌는데 그 종적은 그 후 찾을 수 없습니다. 특히 문주님께서 문주님의 친오빠도 함께 살해당했다 하셨는데, 그날 그 살해 현장엔 문주님 오빠 시체는 없었습니다."

박영지가 담담하게 설명했다.

"그렇군요! 더욱 놀라운 것은 토목담향이 만든 것 같은 인조인간이 출현한 적이 있다는 것이죠?"

영미가 다시 물었다.

"네! 그렇습니다. 길거리에서 불량배들과 사소한 시비가 붙어서 4대 1이라는 불리한 싸움이 벌어졌는데…… 4명 불량배들이 단 한주먹에 절명을 했습니다. 마침 지나가던 무문의 정보국 요원에게 발각되어 정보국 요원 7명과 전투가 벌어졌는데 역시 정보국 요원 7명이 모두 순식간에 죽음을 당했죠. 정보국 요원들이 전투를 하면서 연락을 한 덕분에 그 범인을 잡긴 했는데 피해가 너무 많았습니다. 군인 36명이 죽고 정보국 요원 7명 외에 추가로 5명이 더 죽었습니다. 범인도 스스로 자결을 했는데, 시체를 조사해본 결과 모든 신체가 조각조각 이어 붙이기를 해서 과거 생사인 수법과 같은 인조인간이었습니다. 가장 완벽한 신체를 만들었다고 봐야 할 겁니다."

박영지가 자세히 설명했다.

"그렇다면……! 토목담향이 천국성을 정복하려는 야망으로 인조인간을 만든다, 이렇게 판단을 한 이유는 무엇입니까?"

영미가 다시 물었다.

"켁! 천국성 정복이요?"

지금까지 조용히 앉아있던 자하경은이 놀라고 있었다.

"그건……! 정보국에서 조사를 해본 결과 벌써 30여 명은 되는 인조인간이 완성됐다는 정보를 입수했습니다. 특히 엄청난 파괴력을 지닌 무기까지 만들었다고 합니다."

박영지가 자신 있게 말했다.

"그렇다면! 인조인간을 하나 잡아 조사가 이루어졌다는 이야기네요?"

영미가 물었다.

"그렇습니다! 토목담향이 50명을 다 만들면 아마도 천국성에 피를 뿌릴 것입니다."

박영지가 다시 말했다.

"50명을 만들면?"

영미가 다시 물었다.

왜 50명을 만들어야 하느냐 묻는 것이다.

"인조인간 1명이 1개국을 충분히 상대할 수 있도록 만들어졌으므로 천국성을 동시에 불바다로 만들려면 50개국 50명의 인조인간이 필요합니다. 인조인간 하나가 무기를 들었을 때 반경 1개국은 1일 이내로 피바다로 만들 수 있습니다."

박영지가 말했다.

"흠……! 그렇게까지. 1일이 지나면 천국성 연합방위체계가 작동되므로 1일이 지나면 아무리 많은 인조인간이라 해도 가능성이 없다 이거군요. 그러니 1일 이내에 반드시 천국성을 정복하려는 야망으로 50명의 인조인간이 반드시 필요하다 이거구요?"

인재들의 집단, 청유회

영미가 물었다.

"그렇죠. 바로 그래서 토목담향이 50명의 인조인간이 필요한 것입니다!"

박영지가 말했다.

"그렇다면 지금이라도 토목담향을 제거하면 되잖아요?"

자하경은이 물었다.

"어디에 있는지 행방은 아직 모릅니다. 점조직으로 돼서 인조인간 하나를 잡아 조사를 해도 토목담향이나 인조인간을 만드는 곳은 알지 못합니다."

박영지가 미소를 지으며 말했다.

"아무튼 수고하셨습니다!"

영미가 말했다.

"별말씀을."

박영지가 말했다.

독문.

문주실.

천국성에선 가장 귀한 광석으로 그 가치가 어마어마한 노란색에 녹색 줄무늬가 있는 황녹취.

황녹취로 만든 두 평 정도 되는 기다란 탁자 위에 역시 황녹취로 된 찻잔에 김이 모락모락 나고 있었다.

녹색 광석인 녹취는 황녹취 다음으로 귀한 광석이다.

녹취로 된 의자가 4개 탁자를 중심으로 놓여 있고 그 의자 위에 영미와 자하경은, 박영지, 벽화이도가 앉아 있었다.

"이름은 청유회라 부르고 자하경은이 로봇 개발을, 박영지님이 정보 수집을, 벽화이도가 인재 개발 및 모집을 맡아서 점조직으로 운영합니다."

영미가 찻잔에 차를 한 모금 마시고 나서 말했다

차향이 은은하게 상큼한 향이 돌면서 맛이 달콤했다.

지화꽃술차다.

"알겠습니다!"

"넵!"

박영지와 벽화이도가 공손히 대답했다.

사실 벽화이도는 영미보다 나이도 많고 문파도 다르지만.

청살지 박우혜의 증손자뻘이었다.

청살지 박우혜의 남편이 벽화진덕이며.

그 3번째 아들의 후손이 벽화이도였다.

그러므로 벽화이도에겐 영미가 너무도 높은 족보를 갖고 있었다.

증조할머니와 의자매이므로.

"모든 게 극비로 진행돼야 하며 토목담향은 물론, 여러분의 가족들조차도 모르게 진행해야한다는 것을 잊지 마십시오!"

영미가 다시 말했다.

"물론입니다!"

"그런 건 내 전문이잖아. 헤헤……."

"넵!"

박영지와 자하경은 벽화이도 순으로 대답했다.

"특히 저의 존재는 더욱 비밀로 해야 하므로 청유회장직은 자하경은이 말고 전 뒤에서 조용히 지켜보기만 하겠습니다. 이의 없으시죠?"

영미가 자하경은과 박영지 벽화이도 순으로 눈길을 돌려 바라보며 물었다.

"넵! 없습니다!"

"없습니다!"

벽화이도 박영지가 이의가 없다고 대답을 한 반면,

자하경은이 뭔가 할 말이 있는 눈치였다.

"경은이가 할 말이 있나 보네?"

영미가 자하경은을 보고 생글생글 웃으며 물었다.

"응! 난 로봇 개발에 대해선 아무것도 모르는데 어떡해?"

자하경은이 영미를 보고 쑥스럽게 미소를 지었다.

"아하! 내가 발명왕 박민이 남긴 연구기록을 책으로 정리해 뒀는데 많은 도움이 될 거야!"

영미가 품속에서 공책을 한 권 꺼내서 탁자 위에 올려놓고 자하경은 앞으로 밀었다.

"헉! 발명왕 박민 할아버님!"

누구보다 놀란 사람은 박영지다.

바로 박영지의 고조할아버지였다.

"네……! 그렇게 됐습니다. 그분께서도 제 사부님이십니다!"

영미가 박영지를 바라보며 생글생글 웃었다.

"아……!"

박영지가 영미를 바라보며 고개를 끄떡거렸다.

"기존에 있는 무문이나 공업문의 과학자들의 손을 빌리면 좀 쉽겠지만, 극비로 진행돼야 하므로 전혀 관련된 곳이 없는 젊은 사람들로 만들어야 해! 그러니 경은이 네가 그 자료를 충분히 다 깨우치고 나서 한 명씩 한 명씩 복면을 한 상태로 만나서 일일이 가르쳐줘! 그래야 너의 존재도 비밀로 되고 연구하는 사람들도 서로 상대를 모르니 적의 표적이 돼도 혼자만 당하게 되는 것이야. 알겠지?"

영미가 자하경은에게 말했다.

"아, 알았어!"

자하경은이 대답했다.

"벽화이도는 별도로 특별한 임무가 주어질 테니까 저녁에 집으로 찾아오도록."

영미가 벽화이도를 보고 말했다.

"넵! 알겠습니다!"

벽화이도는 공손히 대답하고 벌떡 일어섰다.

"전 이만 약속이 있어서 가겠습니다!"

벽화이도는 3일 후 감찰어사 시험을 위해 그의 스승님들을 만나야 할 시간이기 때문에 나가야만 했다.

영미도 그런 사실을 이미 알고 있었다.

"그래! 얼른 가!"

영미가 말했다.

"잘 가!"

"담에 또 뵙겠습니다!"

자하경은과 박영지가 차례대로 인사를 마쳤다.

벽화이도는 문을 열고 밖으로 나가버렸다.

"박영지님!"

영미가 박영지를 불렀다.

"네?"

박영지가 영미를 바라보고 물었다.

왜 부르느냐고 묻는 것이다.

"백타성(빽탐쥬) 사람들과 가까이 지내면서 그쪽 정보에 만전을 기하십시오!"

영미가 말했다.

"네에? 그 이유를 물어봐도 되겠습니까?"

박영지가 의아한 표정으로 물었다.

"무황이란 분이 유일하게 적수로 여겼던 사람들이며 무신 심주덕님도 그곳 사람들이 가장 강한 신체 구조를 갖고 있다고 하더라고요! 비록 좀도둑조차 없는 별로서 법이 필요 없는 선량하고 착한 인종들이지만, 만약에 토목담향이 그들을 이용해서 음모를 꾸민다면 그야말로 큰일이죠."

영미가 박영지를 보고 자신의 말이 맞지 않느냐는 눈짓을 하며 말했다.

"아……! 그건 맞습니다! 이미 토목담향이 그곳으로 숨어들었는지 조사를 해봤지만 종적을 찾을 수 없고요. 그들 백타성 인간들이 날개가 있어 하늘을 날 수 있는 것 외에도 육체적으로 전투 능력에 가장 적합한 육체를 가진 것 또한 사실입니다! 그들 뇌가 너무도 선량한 뇌를 가지고 있어서 절대 싸우거나, 훔치거나, 남의 것을 탐하는, 그런 나쁜 짓은 절대 안 하는 인간들이기도 합니다. 그 백타성엔 법이나 경찰들은 없고 방어를 위해 군인만 있습니다. 그들은 법 대신 약속이란 책자를 만들어서 어려서부터 그 약속을 지키는 것을 배우며 자랍니다. 수천 년 역사를 이어오면서 아직 서로의 약속을 이행하지 않는 사람이 단 하나도 없을 정도로 철저히 지키며 살아가는 인간들입니다. 그러나 그들 무기나 무공 등은 우리 천국성을 100년 이상 앞질러 가면서 가공할 국방력을 갖고 있습니다. 비록 토목담향이 만들었다는 인조인간이 아무리 강하다고 해도 그들의 상대는 안 됩니다. 정말 다행인 것은 생사인의 수법처럼 가장 좋은 신체를 잘라서 붙이고 또 다른 데서 잘라다 붙여서 만드는 수법은 안 되는 것으로 압니다."

박영지가 말을 끝내고 영미를 빙긋이 웃으며 바라보았다.

마치 영미가 반문해 올 것을 미리 예상이라도 한 것처럼.

"수법이 안 된다는 것은 무엇 때문입니까?"

영미가 박영지 예상대로 반문을 했다.

"그들 신체는 특이해서 다른 사람 신체나 장기 이식이 전혀 안 되는 인종들입니다. 즉 피가 서로 맞지를 않는다, 이거죠. 우리들 피는 붉은색인데 그들은 주황색이죠. 색보다도 같은 피를 갖고 태어나는 확률이 천만분의 1이라고 합니다. 백타성 인간들 수가 약 10억 정도 되는데요. 같은 피를 갖고 태어난 인종들이 겨우 100명 정도라 할 수 있습니다. 즉 1형이라 하면 백타성 10억 인구 중에 겨우 100명 정도만 1형이다, 이거죠. 우리들은 겨우 8종 정도로 혈액형을 나누는데…… 원주민들만 해도 329종이나 되고 백타성엔 혈액형이 무려 1,027만여 종이라고 보고돼 있습니다. 그렇다 해도 꾸준히 감시를 하고 있습니다!"

박영지가 자세히 설명했다.

"그럴 수가!"

영미가 놀랍다는 말투다.

영미로서도 처음 듣는 이야기다.

"그렇다면, 환자가 생겨도 치료하기 무척 힘들겠다!"

자하경은이 고개를 설레설레 흔들며 말했다.

"하하…… 다행인 것은 그들은 신체적으로 병에 강해서 1천만 명에 한 명의 의사만 있어도 될 정도로 환자가 없기로 유명합니다."

박영지가 자하경은을 바라보며 자세히 설명했다.

"생명력도 길겠네요?"

자하경은이 다시 물었다.

"아닙니다! 그들은 거의 대부분 50년 정도 살다가 죽습니다. 어찌 보면 그들은 새라고 보면 될 것입니다. 우리들은 아기를 낳지만 그들은 알을 낳아 부화를 시키죠. 보통 부부가 한 번에 10여 개 알을 낳아 부화를 시키는데 10년 정도 키우고 다시 10여 개 알을 낳고…… 그렇게 두 번 내지 세 번 정도 부화를 시키고 말죠. 10년은 키워야 하늘을 날고 스스로 살아갈 수가 있습니다. 그런데. 그 알이 겨우 10개 중 두세 개만 부화가 되고 나머진 실패로 끝납니다. 그들 과학자들이 부화를 9개 이상 시킬 수 있는 것을 연구해서 성공하고서도 폐기했다고 합니다. 인구 증가를 억제 하려고."

박영지가 설명을 했다.

"알을 2~3개만 낳으면 편한데 그것 역시 연구해서 성공하고서도 부작용 때문에 사용을 안 하고 있다고 하더라. 그것을 사용하면 30년도 못산다고 하더라!"

영미가 자세히 설명했다.

"네! 맞습니다!"

박영지가 말했다.

"신비한 인종들이네!"

자하경은이 말했다.

"그렇다고 새처럼 생기진 않았다고 하더라고."

영미가 생글생글 웃으며 말했다.

"네! 생긴 것은 우리 인간들과 똑같습니다. 단지 등에 날개가 있다는 것뿐."

박영지가 말했다.

"한번 가보고 싶네."

자하경은이 말했다.

"며칠 지나면 정보 수집 차 가는 데 함께 가시죠?"

박영지가 웃으며 물었다.

"네! 그렇게 해주시면 고맙죠"

자하경은이 반색을 하며 얼른 대답했다.

"킥킥…… 경은이 넌. 그전에 로봇 개발부터 신경 좀 써!"

영미가 입술을 삐죽 내밀며 약을 올렸다.

"씨이."

자하경은이 토라진 표정을 지었다.

"하하하……."

박영지가 호탕하게 웃었다.

영미도 생글생글 웃었다.

저녁 무렵.

벽화이도는 영미를 찾아왔고 자하경은이 주방에서 차를 준비하는 동안 영미와 벽화이도는 뭔가 이야기를 주고받았다.

도대체 무슨 이야기를 했는지.

자하경은이 차를 갖고 거실로 왔을 땐 이미 이야기가 끝나 있었다.

자하경은 역시 무슨 이야기를 했는지 궁금했지만 알려고 하지 않았다.

영미가 뭔가 은밀히 벽화이도에게 지시를 내린 것이라 생각했다.

밤부터 비가 내렸다.

바람도 살랑살랑 불었다.

모든 것이 감찰어사 선발 시험 날짜에 맞춰서 미리 농작물 수분 공급과 공기 오염도를 낮추기 위한 인공 비와 바람이다.

인간의 힘은 보잘것없다고 하지만 무한한 가능성이 있다는 것을 지구보다 400여 년 앞선 문명의 천국성에서 보여주는 한 가지 예라고 할 수 있다.

자연을 인간의 힘으로 조절한다.

비가 필요하면 오게 하고 바람이 필요하면 바람을 불게 한다.

쓸모없는 비와 바람은 미리 차단한다.

봄, 여름, 가을, 겨울의 기온을 조절한다.

자연을 인간이 마음대로 하지는 못하지만 일부는 임의대로 조절을 한다.

그것이 천국성이다.

비가 3시간 동안.

바람이 2시간 동안 불게 돼 있었다.

영미는 일찍 잠자리에 들었다.

자하경은 혼자서 열심히 공부를 하고 있었다.

"이모는 내일모레가 감찰어사 시험 시작인데도 태평해…… 쩝."

자하경은이 영미가 잠자는 것을 알고 부러운 듯 한마디 하고.

밤이 늦도록 공부를 했다.

자하경은 역시 감찰어사 시험에 도전하려고 하는 것이다.

비는 오고

밤은 깊어 가는데…….

주루룩…

주룩……

휘잉.

비바람이 깊은 밤 천국성 전체를 오가는 사람도 없는 조용한 거리를 만들고 있었다.

꽤 높은 산.

주위가 온통 상가들이 늘어서 있는 가운데 가장 높은 산에 마치 무슨 사원처럼 뾰족한 탑이 있는 건축물이 웅장하게 자리 잡고 있었다.

뾰족한 건축물 높은 곳에는 넓이가 10여 미터. 높이가 3미터 정도 되는 거대한 간판이 동영상으로 뭔가를 광고하고 있었다.

*

천국성 최대, 최고의 자유시장입니다. 상인문은 천국성의 문명을 이끌고 있습니다. 1천만 상인문 종사자들은 천국성의 힘입니다. 상인문에 오신 것을 진심으로 환영합니다.

간판 광고 내용은 대강 이랬다.

상인문.

천국성의 모든 물건을 팔고 구입하고 타 별로 수출하여 천국성의 모든 금권을 장악하고 있는 천국성의 돈줄.

상인문 건물은 천국성에서 유일하게 고층 건물로 이루어졌다.

천국성은 땅은 넓고 인구는 작아 고층 건물이 필요하지 않지만,

상인문은 힘을 과시하기 위해 37층 고층 건물로 세워졌다.

30층부터는 일반인들 출입이 통제된 상인문의 금지구역이다.

31층부터 33층까지는 거상 전용이므로 거상이 아니면 출입을 할 수 없고 34층부터 37층까지는 거상이라도 출입이 통제되는 절대 금지구역이다.

무엇을 하는 곳인지 아무도 모른다.

오로지 출입이 자유로운 것은 문주와 그 문주가 허락한 패를 소지한 자만 가능하다.

건물은 전체가 특수 철로 이루어져 있다.

철제를 이용하고 방탄 방음 되어있는 특수한 유리로 외장을 입혔다.

어떠한 무기의 공격으로도 끄떡없다는 말이 나올 정도로 건축물은 완벽한 방어를 갖추고 있다.

또한 건축물 설계와 건축 양식이 모두 특허된 것으로 아무도 모방이 허락되지 않는 천국성 유일한 건축 양식을 자랑한다.

상인문 건물 37층.

모든 곳이 불이 꺼졌는데

37층 문주실만 불이 밝혀져 있었다.

100여 평 넓은 실내엔 원형으로 된 커다란 탁자가 가운데 있고 그 둘레로 고란 가죽으로 된 소파가 모두 20개가 놓여있었다.

그리고

한쪽 모서리 쪽에 작은 책상과 의자 그리고 책상 위에는 컴퓨터가 하나 켜져 있었다.

그 컴퓨터 앞 책상 앞 의자에 남자가 앉아서 열심히 컴퓨터를 만지고 있었다.

그 남자 옆에는 늙은 노파가 서서 남자가 하는 컴퓨터를 열심히 바라보고 있었다.

"됐느냐?"

노파가 물었다.

몹시 초조한 기색이 역력했다.

"아직요!"

남자가 대답했다.

남자 얼굴이 컴퓨터 모니터 화면에 비추어 확연히 드러났다.

자율선.

영미와 같이 자암옥에 떨어졌지만.

경공 하나만 배우고 자암옥을 탈출하면서 영미가 나오지 못하게 출구까지 봉쇄시킨 바로 그 자율선이다.

그렇다면,

노파는 누구인가?

자율미지.

현 상인문 문주.

자율선의 고모할머니.

누군가 입에서 자율미지가 천국성 최고의 무공 고수라고 말할 정도로 그녀의 무공 깊이는 헤아리기 힘들 정도로 깊었다.

자율선은 이마에 땀까지 맺혀 있을 정도로 무엇인가 제대로 안 되는 모양이다.

"아직도 네 실력이 그 모양이냐?"

노파가 짜증 섞인 말투로 자율선을 재촉하고 있었다.

"시간이 없다. 이제 10분만 있으면 황궁 컴퓨터가 자동 방어벽을 발동한다! 그럼 누구도 접근을 못 한다. 서둘러라!"

노파가 다시 재촉했다.

"네! 알겠어요!"

자율선이 이마에 땀을 소매로 대충 닦으며 말했다.

잠깐의 시간이 흘렀다.

"됐어요!"

자율선이 희열에 찬 표정으로 소리쳤다.

"어서 다운받아라!"

노파도 희열에 찬 표정으로 재촉했다.

컴퓨터에는 이미 뭔가를 다운로드 받고 있었다.

그런데

파일 이름이

감찰어사 시험 문제집.

"끝났어요! 감찰어사 시험 출제 내용을 모두 다운 받았어요!"

자율선이 노파를 바라보며 자랑스럽게 말했다.

"녀석! 성공했구나! 이제 출제 문제를 알 수 있으니 최종 대결까지는 무난하겠구나!"

노파가 자율선의 등을 손바닥으로 토닥토닥 두드리며 말했다.

"헤헤…… 필기시험에서 만점을 받으면 그 점수 하나만으로도 최종 대결까진 무난하죠. 이제 감찰어사 출제 문제를 볼게요."

자율선이 입가에 웃음을 흘리며 방금 다운로드 받은 파일을 열어보기 시작했다.

2일 후 감찰어사 시험에서 출제될 시험지를 해킹해서 미리 보고 있는 것이다.

주르륵……

휘잉.

깊은 밤.

비가 추적추적 내리고 있는 상인문의 문주실이었다.

그 밤.

조그만 찻집.

아리따운 여인이 조용히 앉아 있었다.

찻잔을 들어 입으로 가져가 조금씩 음미하며 혼자 앉아있던 여인의 눈에 반짝, 이채가 띠었다.

모자를 깊이 눌러쓰고 어두운 밤에 검은 안경까지 쓴 남자가 여인이 앉아있는 자리로 다가왔기 때문이다.

남자는 말없이 큼직한 종이봉투를 여인 앞 탁자에 올려놓았다.

여인 역시 아무런 말도 없이 작은 봉투를 꺼내 남자에게 전해주었다.

남자는 봉투를 받아 안에 든 것을 조금 꺼내 살펴보았다.

돈이었다.

남자는 금액을 확인하고 고개를 약간 까닥거리고는 물러갔다.

여인은 남자가 놓고 간 큰 봉투를 열어 속에 있는 물건을 꺼내 보았다.

그런데,

그 안에 든 물건이.

감찰어사 출제 문제.

여인은 내용을 확인하고 큰 봉투를 옆 의자에 놓았던 핸드백 속에 집어넣었다.

여인은 아무 일도 없다는 듯 조용히 찻잔을 기울이고 있었다.

비리와 해킹이 감찰어사 시험문제를 노출한 밤이었다.

감찰어사 필기시험은 총 8개 과목에서 과목당 50문제씩 400개 문제가 출제된다.

1개 문제당 2점씩 총 800점 만점이다.

과목은 우선 법학이 총망라되어 있다.

지구와 거의 비슷한 법학.

민법(민사소송법).

형법(형사소송법).

법학총론.

상법 및 공업법.

의료법 및 농업법.

가정법 및 식품법.

우주공존법.

그리고 나머지 한 과목은 언어학이다.

천국성에선 한글을 사용하고 있지만 원주민들이 상용하는 언어도 있고

한문도 사용하기도 한다.

그러나 언어학에는 백타성 언어와 주변 별들의 언어가 총망라되어 출제된다.

가장 어려운 과목이기도 하다.

물론 서로 대화를 하는 것은 자동 번역기계를 사용하므로 어려운 일은 아니지만 시험에는 타지역 별들의 언어가 문제로 출제된다.

무공 대련 시험 역시 총 800점 만점으로 치르게 된다.

최종대결에 오른 사람 승수에 따라 그 점수가 계산되는데

최종대결에 오른 사람 수가 6명이라면 각각 5번씩 대결을 펼치는데 1승을 추가할 때마다 160점씩 점수가 오른다.

물론 패하면 점수가 하나도 없다.

최종대결에 오른 사람이 5명이라면 각각 4번씩 대련을 하므로 1승에 200점씩 점수가 추가되는 방식이다.

필기 점수가 가장 높은 사람은 자동으로 최종대련까지 오른다.

감찰어사 시험 첫째 날.

놀랍게도.

필기시험에서 역사상 처음으로 만점자가 둘이나 나왔다.

공업문 정아.

상인문 자율선.

이상 둘이다.

천국성 모든 사람들이 부러워하는 만점자.

둘은 자동으로 최종 대결까지 올라갔다.

다음으로 800점 만점에서 712점을 받은 득점자가 3위를 차지했다.

역사적으로 보면 그 정도 점수면 최고 득점자가 될 수준인데 아쉽게도 3위를 했다.

바로 정영미.

영미는 3위를 차지했기 때문에 무공 대결을 예선전부터 치르게 됐다. 그것은 영미가 무공대결을 치르기 위해 고의적으로 만점을 피한 것이다. 영미는 깊은 생각을 갖고 천국성 영재들과 무공 대결을 치르고 싶었던 것이다.

자하경은이 4위를 차지했는데,

놀랍게도 영미보다 불과 14점이 작은 698점이었다.

무공 대결은 둘째 날, 예선전에서 무조건 도전자 10명을 연속해서 이긴 자만 셋째 날 최종대결로 간다.

셋째 날, 최종 대결은 그 수에 따라 대결 방식이 바뀐다.

올해는 최종대결에 오른 사람이 모두 5명이었다.

이미 최종대결에 오른 5명은 천국성 3급 공무원급으로 감찰어사부에 속하게 된다.

우승자가 감찰어사로 나머지 4명의 대장이 되는 것이다.

물론 감찰어사부에 속하지 않고 사표를 내면 그만이다.

최종대결은 감찰어사 선발시험 3일째 되는 날 서로 한 번씩 대련을 펼치는 방식으로 치르게 된다.

어두운 실내.

누군가 비밀리에 음모를 꾸미고 있었다.

"가장 유력한 우승 후보자는 정영미다. 그러니 정영미가 먹는 음식물에 이 약을 타도록. 죽지는 않으나 한동안 복통을 심하게 느끼는 독약으로 대련 자체를 못 할 것이다. 그럼 우리 율선이가 우승을 할 수 있을 것이다."

늙은 노파 목소리였다.

"네! 알았어요!"

아주 젊은 여성 목소리였다.

또 다른 숲속.

이곳 역시 음모가 진행되고 있었다.

"정영미만 없으면 우승도 가능하다. 감찰어사가 못되면 부감찰어사라도 해야 하므로 반드시 정영미를 탈락시켜야 한다. 오늘 밤 정영미가 잠자는 방에 이 독연을 살포해라! 그럼, 내일 아침 일어나지 못할 것이다."

젊은 남자 목소리였다.

"알았네!"

역시 젊은 남자 목소리였다.

밤.

음모는 밤과 함께 진행되고 있었다.

영미는 일찍 잠자리에 들었다.

무슨 일인지 자하경은 역시 일찍 잠자리에 들었다.

주방에 문이 살짝 열리며 그림자가 하나 들어왔다.

소리도 없이 살금살금 주방에 들어온 그림자는 냉장고 문을 열고 반찬통을 주섬주섬 꺼냈다.

반찬통 뚜껑을 열고 품속에서 작은 병을 꺼내 반찬통마다 몇 방울씩 약물을 떨어뜨렸다.

반찬통 뚜껑을 원래대로 닫아 놓고 다시 냉장고에 넣은 다음 그림자는 소리 없이 나가 버렸다.

숲에서 긴 막대가 하나 스르륵 길어지더니 그 끝이 영미가 잠자며 살짝 열어놓은 방 창문 사이로 조금 들어왔다.

막대에선 솔솔 하얀 연기가 방으로 스며들었다.

방안에 연기가 자욱할 정도로 가득 찬 후에 막대는 숲속으로 사라졌다.

영미는 여전히 깊은 잠에 빠져 있었다.

감찰어사 선발 시험.

3일째.

오전 8시 정각.

뎅… 뎅……

시작을 알리는 종소리가 들렸다.

연무장으로 최종대결을 펼칠 도전자들이 입장을 해야 할 시간이다.

연무장에 미리 입장을 한 벽화이도, 자율선, 정아는 아직도 입장을 하지 않는 정영미와 자하경은을 기다리고 있었다.

8시 10분까지 입장을 안 하면 자동 탈락한다.

현재 시각 8시 8분.

아직도 나타나지 않는 정영미와 자하경은.

우주에서 온 소녀의 21세기 암행어사 ❺

자율선과 정아의 입가엔 미소가 어리고.

반면 벽화이도는 초조함에 가득한 눈치였다.

"……!"

모두 입구 쪽에 시선이 고정됐다.

자하경은이 나타난 것이다.

아무렇지도 않게 사뿐사뿐 걸어서 연무장으로 들어왔다.

다시 1분 정도가 지나고.

자율선과 정아의 입가엔 만족스러운 미소가 번지고 있었다.

8시 9분.

8시 10분.

뎅……

입장 종료를 알리는 종소리가 들렸다.

아직도 나타나지 않은 정영미.

자율선과 정아의 입가엔 활짝 미소가 피어났다.

"자, 그럼 지금부터 감찰어사 최종대결을 펼칠 순서를 정할 제비뽑기를 시작하겠습니다! 첫 번째, 벽화이도님. 나오십시오!"

장내 아나운서가 말했다.

"자, 잠깐만요!"

자율선이 손을 쳐들고 외쳤다.

"왜 그러십니까?"

장내 아나운서가 의아한 표정으로 물었다.

"정영미가 아직 도착을 안했는데 그럼 정영미는 자동 탈락인가요?"

자율선이 회심의 미소를 지으며 물었다.

"맞아요! 그걸 먼저 정하고 시작해야죠!"

인재들의 집단, 청유회

정아가 맞장구를 쳤다.

만면에 미소를 지으며.

"무슨 소리입니까? 정영미님은 제일 먼저 오셨는데요?"

장내 아나운서가 이상하다는 표정으로 되물었다.

"어디, 어디에 왔다는…… 헉!"

자율선이 두리번거리며 영미를 찾다가 허공을 쳐다보고 놀라 소리
쳤다.

영미가 허공에 조용히 앉아 있었다.

마치 공중에 그냥 앉아 있듯이.

정아도 자율선의 시선을 따라 공중을 보고 입가에 미소가 사라지
고 믿을 수 없다는 표정으로 영미를 세밀히 살피기 시작했다.

그런 자율선과 정아의 속내를 눈치라도 챈 것일까.

정영미가 생글생글 웃으며 바닥으로 천천히 내려왔다.

"누군가 영미의 피로를 풀어 주려고 밤에 잠자는 방에다 피로제를
살포해줘서 공력만 늘었네. 킥킥…… 반찬에 양념도 넣어 줘서 아침밥
을 맛있게 먹었더니 기운이 넘치는걸. 킥킥……."

영미가 생글생글 웃었다.

"이, 이게 어찌 된 일이지!"

자율선과 정아가 동시에 속으로 믿을 수 없다는 듯 같은 생각을
했다.

"우리가 독문 문주란 사실을 몰랐나 봐. 헤헤……."

자하경은이 덩달아 이죽거렸다.

자율선과 정아의 얼굴은 마치 똥 먹은 표정이었다.

벽화이도는 영문을 몰라 어리둥절한 표정을 지었다.

"흠……! 못된 짓을 한 것이 자율선과 정아로군!"

자하경은이 두 사람의 표정을 살피며 음모의 주인공이 그 두 사람이란 걸 알았다.

영미는 전혀 관심이 없는 표정이다.

이미 그 두 사람이 음모자란 것을 알았는지.

"자! 그럼 지금부터 제비뽑기를 시작하겠습니다!"

장내 아나운서가 말했다.

"먼저 벽화이도님 나오시고요. 다음은 자율선님, 자하경은님 그리고 정아님, 정영미님이 차례대로 제비뽑기를 하여 대련 순서를 정하겠습니다!"

장내 아나운서의 말대로 차례대로 나가서 제비뽑기를 했다.

그 결과.

첫 대결은 벽화이도와 정아. 자율선과 자하경은. 풀 리그 방식이라 영미는 첫 대련을 벽화이도와 한판 쉬고 하게 됐다.

벽화이도와 정아의 대련은 싱겁게 벽화이도의 승리로 끝났다.

자율선과 자하경은의 대결.

자율선은 빠른 경공을 이용 자하경은의 시아를 흐려놓고 역습을 하는 방법으로 대련을 했고 자하경은은 두 눈을 감고 조용히 서서 귀로 소리를 듣고 공격하는 방식으로 대결을 펼쳤는데,

무려 1시간이 흘러서야 간발의 차이로 모든 사람의 예상을 깨고 자하경은이 승리했다.

셋째 날.

무공대결 결과.

정아가 4패를 기록하고
자율선이 1승3패.
벽화이도가 2승2패.
자하경은이 3승1패.
정영미가 4승을 했다.

결국 총점수로 계산하면
정아 필기 점수 800점, 무술 점수 0점, 총점 800점.
자율선 필기 점수 800점, 무술 점수 200점, 총점 1,000점.
벽화이도 필기 점수 684점, 무술 점수 400점, 총점 1,084점.
자하경은 필기 점수 698점, 무술 점수 600점, 총점 1,298점.
정영미 필기 점수 712점, 무술 점수 800점, 총점 1,512점.

최종 점수가 가장 높은 정영미 감찰어사로 선발 3일 후 취임식 예정
이라는 발표가 나가고 자하경은 부감찰어사로 선발했다는 공고가 나
갔다. 놀라운 일이었다. 자하경은이 얼마나 노력을 했는지 그 결과가
드러난 일이었다.
정아는 바로 사표를 내고 가버렸다.
벽화이도. 자율선은 감찰부 소속으로 내정되었으나 며칠 뒤 자율선
역시 사표를 낸다.
감찰어사 선발 시험은 이렇게 끝났다.

무문과 의문, 독문은 축제 분위기에 빠졌다.
특히 독문은 마치 천국성 전체를 얻은 듯 그 기쁨이 남달랐다.

태상문주인 영미가 감찰어사로 된 것은 이미 예상했던 것이었지만 자하경은이 부감찰어사로 됐다는 것은 놀라운 결과였다.

자하경은이 얼마나 열심히 공부를 했고 무술 수련을 했는지

자하경은이나 영미가 아니면 몰랐다.

특히 자하경은이 영미를 이기는 것을 최종 목표로 삼고 노력에 노력을 했던 결과였다.

자하경은의 기쁨은 마치 하늘을 날아가는 기분이라고 할까.

무엇보다도 영미와 자암옥에 갈 수 있다는 것이 마음을 들뜨게 만들었다.

영미와 자하경은이 감찰어사와 부감찰어사 직을 받고 독문으로 돌아왔을 땐, 모든 독문 제자들이 엎드려 절을 올리며 기쁨에 눈물을 흘렸다.

"감축드립니다! 태상문주님. 그리고 문주님!"

제자들은 엎드려 절을 올리며 한목소리로 외쳤다.

"제자들은 일어서라! 우리 독문은 이제부터 천국성 제일의 문파로 거듭날 것이다. 문주인 자하경은이 피와 땀으로 이룩한 이번 결과를 제자들은 본받아라!"

영미가 오른손을 번쩍 들고 외쳤다.

"태상문주님 만세! 문주님 만세!"

독문 제자들은 큰소리로 만세를 외치기 시작했다.

자하경은이 손을 들어 제자들을 진정시켰다.

"독문 제자들이여! 우리는 앞으로도 피와 땀으로 천국성 제일의 문파로 거듭나기 위한 노력을 할 것이다! 독문 제자들이여! 이 밤, 우리 모두 축제를 즐기자! 이 기쁨을 맘껏 즐겨보자!"

자하경은이 외쳤다.

"와아……"
독문 제자들의 환호성이 터졌다.
그때.
정문을 지키던 독문 제자 하나가 달려와 자하경은에게 뭔가 말을
했다.
"뭐? 알았다!"
자하경은이 놀라운 표정으로 제자를 돌려보내고 영미에게 뭐라고
귓속말을 했다.
"가서 모시고 오너라!"
영미가 놀란 표정으로 자하경은에게 지시를 내렸다.
자하경은이 고개를 끄떡하고 밖으로 달려 나갔다.
잠시 후,
독문 제자들이 웅성웅성하는 가운데 자하경은이 두 사람을 데리고
들어왔다.
백옥같이 흰 피부. 투명하게 들여다보이는 뼈마디.
온통 피부가 투명하고 하얀 피부의 남녀.
그들 등에는 하얀 날개가 달려 있었다.

2033년 지구 이야기

수민이와 하나, 지수는 독군이 준 쪽지에 적힌 주소지를 찾아 서울로 돌아왔다. 셋은 거대한 빌딩 앞에 서 있었다.

"여긴! 대한민국 10대 재벌에 속하는 경은금융 아니야?"

수민이가 높은 빌딩 앞에 서서 말했다.

"그러게. 여긴 경은금융 본사인데 아무튼 들어가 보자."

지수가 말을 하며 앞장서서 들어갔다.

"어서 오세요. 기다리고 있었습니다. 제가 안내하겠습니다."

하얗고 투명한 피부의 미모의 남자가 기다리고 있었다.

"하!"

수민이도 지수도 미모의 남자의 모습에 잠시 말을 잃고 멍하니 서 있었다.

"네! 안내해주세요."

하나가 수민이와 지수 모습을 보고 빙긋 웃으며 말했다.

"자! 이쪽으로."

미남자가 앞장서서 걸어갔다.

"뭐 저런 미남자가 있지?"

지수가 작은 소리로 수민이에게 말했다. 수민이도 눈으로 동의한다는 뜻을 전하며 생긋 웃었다.

엘리베이터로 금방 청유회 사무실까지 올라왔다.

"들어오시죠."

미남자가 문을 열고 수민이 일행을 보고 말했다. 수민이 일행은 문 안으로 들어갔다.

"어서 오세요."

자하경은이 수민이 일행을 맞이했다.

"저희 문주님이십니다."

옆에 있던 독군이 자하경은을 수민이 일행에게 소개했다.

"안녕하세요? 처음 뵙겠습니다."

수민이 일행은 동시에 인사를 했다.

"이쪽이 안수민씨. 이쪽은 하나씨. 그리고 지수씨."

자하경은이 이미 수민이 일행을 다 알고 있었다.

"네! 안수민입니다."

"저는 하나라고 합니다."

"지수에요."

셋이 차례대로 인사를 했다.

"자하경은이라고 합니다. 독문의 문주고요. 영미 이모의 조카가 됩
니다."

자하경은이 인사를 했다.

"햐! 정말 미인이십니다. 우리 헨리를 아껴주셔서 고맙습니다."

수민이가 인사를 했다.

"네? 헨리가 누구죠?"

자하경은이 어리둥절한 표정으로 물었다.

"헨리 볼에다 뽀뽀도 하셨다고. 아니신가요? 스승님 조카분이라고
저를 호위해주시던 분?"

수민이가 오히려 의아해하며 반문했다.

"아하! 그분은 저의 언니십니다. 올해 104살 되셨고요."

자하경은이 입가에 미소를 띠며 말했다.

"네에? 104살?"

수민이가 놀라 반문했다. 하나와 지수도 황당한 표정을 지었다.

"왜요?"

자하경은이 오히려 반문했다.

"아, 아닙니다. 제 동생 헨리는 예쁜 소녀로 알고 사랑에 빠졌는데, 어쩌죠?"

수민이가 미소를 띠며 말했다.

"호호…… 헨리 어쩌나."

"큭큭…… 그러게. 헨리가 알면 어떤 표정일까."

하나와 지수도 어이없다는 말투다.

"아! 아마도 언니가 무슨 생각이 있을 겁니다. 장난으로 그러진 않았을 겁니다. 어떤 사연이 있겠죠."

자하경은이 말했다.

"스승님은요?"

하나가 얼른 물었다.

"스승님은 현재 제주도에 계십니다. 세 분에게 무술을 가르쳐 드리라고 했습니다. 해서 급히 저희 독문의 고수를 불렀습니다."

자하경은이 말을 하며 독군을 바라보았다.

"제가 여러분을 모처에서 당분간 무술을 가르쳐드릴 겁니다."

독군이 입가에 미소를 띠며 말했다.

"햐! 어쩜 저리도 미소가 멋질까. 너무 멋져."

수민이가 독군에게 푹 빠진 모습으로 혼자 중얼거렸다. 허나 그 말을 모든 사람들이 다 들어버렸다. 특히 독군은 얼굴까지 붉혔다. 수민이는 헨리의 연적으로서 너무도 막강하다는 뜻으로 말을 한 것인데 엉뚱한 오해가 된 모양이다.

"수민이는 너무 직설적인 것 아니야? 그렇게 대놓고 말하면……."

지수가 재미있다는 듯 깔깔 웃으며 말했다. 수민이는 얼굴이 벌겋게 변했고 모든 사람들은 재미있다는 듯 웃었다.

"저어……."

수민이가 자하경은을 보며 뭔가 말을 하려다 말았다.

"무슨 궁금한 것이라도?"

자하경은이 그런 수민이를 보며 물었다.

"그럼 그분은 지금 어디 계세요? 스승님 조카분이요."

수민이가 기어들어 가는 목소리로 물었다.

"글쎄요."

자하경은도 모르는 눈치다. 그때 영미의 목소리가 전해졌다. 마치 근처에서 말하듯 사무실에 울려 퍼졌다.

"조카님이 헨리를 치료하려고 하는 행동이니 안심하고 헨리는 조카님이 데리고 갔으니 그냥 믿고 기다려."

수민이 일행은 자주 듣는 영미의 목소리에 놀라지도 않았다. 아마도 제주도에서 전해오는 말이라 생각했다.

"저길 보세요."

자하경은이 입가에 미소를 띠며 천장 쪽을 손으로 가리켰다. 커다란 모니터에 영미가 나타나 있었다. 영미는 소연. 강희와 같이 있는 모습이 보였다.

"이모님이 어딜 가시든 우린 모니터를 통해 뵐 수도 있고, 대화도 할수가 있어요."

자하경은이 말했다.

"아하!"

수민이 일행은 감탄하는 눈으로 모니터와 자하경은을 바라보았다.

"세 분에게 드리는 선물이니 마음에 드시는 것으로 하나씩 고르세요."

눈이 크고 우윳빛 피부를 지닌 미모의 소녀가 뭔가를 들고 들어왔다. 마치 곤충 같은 모양의 조그만 물건들이다.

"햐! 여기 계신 분들은 모두 신 같은 분들이시네요."

수민이가 들어온 소녀를 바라보며 말했다. 독군은 물론이고 자하경은도 수민이 일행이 아무리 많아도 상대가 안 될 고수들인데, 들어 온 소녀 역시 그들과 비슷한 강함이 느껴졌던 것이다.

"로봇 연구실장 지류단경입니다."

자하경은이 지류단경을 소개했다.

"아! 안녕하세요?"

수민이 일행이 동시에 인사를 했다.

"이건 여러분의 생명을 지켜줄 호위 로봇입니다. 그러니 하나씩 고르세요."

지류단경이 인사를 하며 손에 들고 온 쟁반 위에 로봇 곤충들을 앞으로 내밀었다. 수민이 일행은 의구심을 품은 채 로봇을 하나씩 골랐다. 수민이는 초록색 여치를, 하나는 검은색 나비를, 지수는 회색의 도마뱀을 선택했다.

"모두 인사들 해야지."

지류단경이 말했다. 초록색 여치는 날개를 퍼덕이며 수민이 얼굴을 한 바퀴 돌고 어깨에 앉았다. 하나의 나비 역시 사뿐히 날아 하나를 한 바퀴 돌고 가슴 옷에 앉았다. 지수의 도마뱀은 지수의 손바닥에서 손으로 기어 올라가 어깨에 웅크리고 앉았다.

"여러분들을 지켜줄 로봇입니다. 여러분들에게 위험이 생기면 스스로 알아서 적을 공격할 것입니다. 감찰어사님께서 특별히 여러분의 안전을 위해 하나씩 드리라고 지시를 하셨습니다. 작은 로봇이라 우습게 보시면 안 되고요."

지류단경이 말을 마치고 배시시 웃었다.

수민이 일행은 작은 곤충 로봇을 보며 아직도 믿을 수 없다는 표정들이다.

"자! 그럼, 이제부터 무술 연마를 위해 모처로 갑시다."

독군이 수민이 일행에게 말했다.

영미의 과거 이야기

백타성 남녀 두 명.

독문 제자들은 놀라운 광경에 웅성웅성거렸다.

"어서 오십시오!"

영미가 백타성 남녀를 반갑게 맞이했다.

"실례를 무릅쓰고 왔습니다! 반갑게 맞이해주시니 감사합니다! 저는 백타성 제1왕자 헤리쮸입니다. 이쪽은 제 누이동생 헤리향입니다!"

백타성 남자가 말했다.

옆에 동행을 한 여인이 누이동생이라고 소개를 했다.

헤리쮸.

백타성 차기 황제 자리를 예약한 황태자다.

올해 21세로서 백타성에서 가장 인기가 높은 남자이기도 하다.

혜리향.

백타성 제6공주.

백타성 황제 혜리주민의 7남 1녀 중 유일한 공주로서 뭇 남성들에게 가장 인기가 많은 여성.

올해 16세.

영미와 동갑이다.

"반갑습니다! 독문의 태상 문주직을 맡고 있는 정영미라 합니다!"

영미가 자신을 소개했다.

"네! 알고 있습니다! 감찰어사 책봉을 축하합니다! 황제께서도 축하의 편지를 보냈습니다!"

혜리쮜가 영미에게 축하 말과 함께 편지를 전했다.

영미는 편지를 받아 읽어보았다.

축하합니다.

3개 문파의 문주직을 갖고 계신 귀하께서 감찰어사직을 책봉 받은 것을 진심으로 축하합니다.

아울러,

가까운 시일에 저희 백타성에 들려줄 것을 바라며 다시 한 번 축하 인사를 전합니다.

편지는 그렇게 간단하게 끝났다.

그렇지만 그 내용은 영미를 백타성에 초대한다는 내용이었으니,

백타성 황제가 천국성 사람들을 초청하는 예는 역사상 이번이 처음이었다.

"감사합니다! 황제께 며칠 내로 반드시 찾아뵙겠다고 전해 주십시오! 그리고 이 밤 함께 즐겨보십시다!"

영미가 공손히 말했다.

"감사합니다!"

헤리쮸가 공손히 고개를 숙이며 말했다.

헤리향도 고개를 약간 숙이며 영미를 향해 미소를 지어 보였다.

영미도 같이 고개를 숙여 인사를 받았다.

"자! 여러분! 여기 백타성 태자님과 공주님이 감찰어사님을 축복해 주러 오셨습니다! 우리 모두 환영합시다!"

자하경은이 독문 제자들을 향해 외쳤다.

"와아……! 백타성 태자님 만세! 공주님 만세!"

독문 제자들이 백타성 태자와 공주를 위해 만세를 불렀다.

백타성 태자와 공주는 두 손을 들어 답례를 하고 있었다.

축제는 밤이 늦도록 계속됐다.

백타성에서 온 태자와 공주는 독문 제자들에게 인기 짱이었다.

평소 엄격하기로 소문이 난 자하경은과 영미 곁에는 잘 안 와도 백타성 황태자와 공주에게는 술잔을 권하고 맛있는 과자나 과일도 권하곤 했다.

"왠지 소외감 느끼네…… 킥킥……."

영미가 자하경은을 보고 생글생글 웃으며 말했다.

"이모도 참! 이모가 얼마나 어려워. 나도 그런데…… 헤헤."

자하경은이 웃었다.

"오늘 밤 맘껏 즐기고 내일은 자암옥에 같이 가자!"

영미가 말했다.

"내일? 그렇게 빨리?"

자하경은이 걱정스러운 눈치다.

그도 그럴 것이.

감찰어사에 책봉되자마자 다음날로 자암옥 죄수들을 석방했다.

그런 소문에 시달리면 안 되기 때문이다.

자하경은이 그걸 염려하는 것이다.

"시간이 없어! 3일 후 취임식에 맞춰 모범죄수를 석방 조치하려면 준비를 해야 하고. 또 백타성에 가야지. 초대를 받고 머뭇거리면 실례가 되는 것이야! 알겠지?"

영미가 말했다.

"그래. 이모 말도 일리가 있어. 그래도 난 그렇게 못하겠는데 이모는 결단력이 있어서 좋단 말이야!"

자하경은이 엄지손가락을 치켜세워 보였다.

"킥킥…… 내가 좀 그렇지?"

영미가 어깨를 으쓱해 보였다.

"쳇……! 조금 띄워주면 바보같이 된다니깐. 헤헤."

자하경은이 혀를 날름 내밀며 도망쳤다.

"뭐? 바보?"

영미가 짐짓 화난 표정을 지으며 자하경은이 도망가는 뒤를 노려봤다.

그러나 쫓아가진 않았다.

인재들의 집단, 청유회

백타성 태자가 영미를 향해 걸어오며 아는 체를 했기 때문이다.

영미도 눈으로 아는 체하며 헤리쮸 앞으로 걸어갔다.

영미와 헤리쮸는 술잔을 높이 쳐들고 미소를 지으며 함께 축제를 즐겼다.

공고문

본 감찰어사 정영미는 취임 첫 업무로 자암옥 죄수들을 전부 사면을 하기로 하였습니다.

또한 자암옥 죄수들이 사면 이후 범법행위를 할 경우 모든 책임은 본 감찰어사가 질 것이며 그 단죄 역시 책임지고 단행할 것입니다. 또한 천국성 전체 범죄자들을 심의하여 모범적인 죄수들에겐 사면을 단행할 것입니다.

앞으로는 죄수라 하여도 무조건 감옥에서 무료로 세금이나 축내며 편하게 지내는 일은 없앨 것입니다. 천국성을 위해 헌신적으로 모든 성민들에게 도움이 되는 일을 하면서 죄를 뉘우칠 기회를 제공할 것입니다.

특히 자암옥은 감옥으로서의 기능을 없애고 관광지로 개발하여 그곳에서 일을 할 사람은 범법자들 중에서 분류하여 선발할 것입니다. 자암옥에는 자동계단을 만들어서 일반인들이 쉽게 구경을 할 수 있도록 만들 것입니다.

자암옥 죄수 석방은 감찰어사와 부감찰어사가 직접 들어가 죄수들에게 각서를 받고 석방 조치할 것입니다. 또 하나, 천국성에서 인종들 간에 무력 충돌을 할 경우 사라졌던 사형 제도를 부활하여 먼저 무력을 사용한 자에게 적용할 것입니다.

감찰어사부 요원이 2명으로는 모자라므로 감찰어사부 소속 3급 공무원을 필기 시험과 무공 시험으로 선발하는 어사부 시험을 새롭게 만들어 금년부터 실시할 예정입니다. 인원은 100명 내외로 할 예정이며 남녀 구분 없이 능력에 따라 선발을 할 예정입니다.

감찰어사부 소속 무기 개발 연구소 및 생산시설을 별도로 만들어 연구원과 생산직원을 별도로 모집할 예정이며 그 곳에서 만들어지는 무기는 감찰어사부 3급 공무원이 착용하고 천국성의 안전한 감찰 활동을 위해 사용할 것입니다.

또한 새롭게 창설할 문파들이 허가를 요청하면 심의를 거쳐 적절한 문파라 생각하면 모두 허가를 할 예정이며,

새로운 성 즉, 김씨, 강씨, 고씨, 장씨 등등 성을 바꾸고 만들 사람들을 위해 선착순으로 먼저 신청한 성을 갖게 할 예정입니다. 이는 천국성 성과 이름이 너무 가지 수가 몇 가지 안 돼서 많은 성과 여러 가지 이름들이 활발하게 만들어져 어울려 살아가기를 바라는 마음에 감찰어사 직권으로 허락해줄 것입니다. 담당은 부감찰어사가 맡아 처리할 것입니다.

星民 여러분! 천국성을 위해 뭔가 새롭게 개혁을 하려는 의미에서 여러 가지 허가와 허락을 단행하는 점을 관심 있게 지켜봐 주시길 바랍니다. 예전에 지구에서 행해지던 신문고란 것을 감찰어사부에 설치할 것입니다. 성민 여러분들의 고견을 기다립니다.

감사합니다.

天星 418년 2월 11일 감찰어사 정영미.

감찰어사로 취임을 한 정영미가 발표한 공고문이다.
공고문 내용을 보면 알듯이

인재들의 집단, 청유회

천국성에서 가장 막강한 권력을 갖고 있는 사람이 감찰어사이다.

물론 황제와 태자가 있지만,

감찰어사가 태상황과 태상황후의 명만 받는다는 것을 감안하면

감찰어사의 감찰권에 황제까지 포함된다는 사실이다.

감찰어사부엔 하나의 부서가 공존한다.

태상감찰부.

바로 선배 감찰어사와 태상황, 태상황후 모임이다.

현재 태상감찰부엔 선배 감찰어사가 3명.

태상황이 1명.

태상황후가 2명이다.

태상감찰부 최고 명령권자는 가장 나이가 많은 전대 태상황의 부인 대태상황후다.

자문지혜.

의문의 제3대 문주이며

현재 황제 강철의 아버지의 할머니뻘이다.

그다음 태상황후가

정주아.

바로 소연이 실종되고 황후가 된 여인이다.

무문의 여인.

둘 다 어찌 보면 영미의 선배라 할 수 있다.

무문과 의문의 선배들.

황제가 행정권, 사법권, 입법권, 언론까지 종합적인 최고 권력자라면, 감찰어사는 그런 황제를 감시하는 별도 권력자이며

직권으로 행정권, 사법권, 입법권, 언론까지 최고 5개까지 만들고 삭제할 수 있는 권한을 갖고 있으며 그 권한은 절대적인 것으로 황제는 물론 그 누구라도 반대를 하거나 막을 수 없다.

단, 지나치다 싶으면 천국성민 성인 전체 투표로 결정을 할 수 있다.

단, 그 지나치다는 항목엔 필히 반역(황제가 되려는 행위), 전복(천국성을 타 별에 팔거나 천국성민들을 몰살하려는 행위), 이유 없는 살인(아무런 이유도 없이 천국성민들을 10명 이상 죽였을 경우). 이상 세 가지 항목 중 반드시 한 가지 이상이 포함되어야만 한다. 그러니 그 권력이 막강할 수밖에 없다.

즉, 행정권에 맘에 들지 않는 부서를 5개까지 없애거나 새로운 부서를 5개까지 만들거나. 장관을 5명을 해고하거나 새롭게 임명을 하거나하는 행위도 직권으로 가능하고, 사법권에도 역시 맘에 들지 않는 부서나 사람을 5개까지 교체 및 해고할 수 있는 권한이 있고 법을 5개까지 만들 수도 있고 언론기관을 5개까지 문을 닫게 하거나 허가를 내주거나 할 수도 있다.

그만큼 감찰어사의 권력이 막강하다는 뜻이다.

단 하나 그런 권력이 있으면서도 누구 하나 그 권력 앞에 돈줄을 대

거나 청탁을 하지 않는다는 것이다.

그 이유는,

감찰어사법 때문이다.

감찰어사법 제1호.
감찰어사나 감찰어사부 직원에게 뇌물을 주거나 청탁을 하다가 적발되면 누구를 막론하고 그의 재산은 전부 감찰어사부로 몰수하고 그 자신과 가족들은 평생 감찰어사부 노비가 된다.

감찰어사법 제2호.
감찰어사부. 또는 감찰어사에게 뇌물을 주거나 청탁을 한 사실을 신고한 사람에게는 청탁이나 뇌물을 준 사람에겐 그 직속을 감찰어사에게 줬으면 감찰어사로. 감찰어사부 직원에게 줬으면 감찰어사부 직원으로 직속을 바꿔준다. 또한 뇌물을 받은 감찰어사나 감찰어사부 직원이 신고를 하면 그 받은 금액의 100배에 해당하는 금액을 상금으로 지급한다.

바로 이 두 가지 법 때문이다.
준 사람도 받은 사람도 자유로울 수 없는 절대적인 법.
감찰어사부 직원만 돼도 그 법 때문에 항상 벌벌 떨고 있다.
그 법이 생기고 난 후 역사적으로 아직 단 한 번도 뇌물이나 청탁이 오고 간 사실이 없었다.

그 감찰어사부 법은 감찰어사의 직권으로도 어쩔 수 없는 절대적인 법이다.

공고문을 발표한 직후.

영미는 자하경은과 함께 자암옥에 들어갔다.

자암옥을 경비하던 치안국 요원들은 전부 철수를 단행했고,

자암옥 주위에 겹겹이 설치되었던 철조망과 폭약들도 전부 철거됐다.

영미와 자하경은이 자암옥으로 들어갈 땐

수송기를 이용해서 들어갔다.

비행접시라 할까.

화물과 사람을 실어 나를 수 있는 비행물체.

크고 둥근 비행물체가 서서히 자암옥으로 내려가자 자암옥 영미 언니 오빠들이 우르르 몰려나와 영미를 맞이했다.

모두들 눈물을 흘리며 영미와 자하경은을 맞이했는데,

유독 눈물이 많은 사람이 가장 강하다는 무신 심주덕이었다.

또한 그렇게 악독하기로 유명했던 소악녀 역시 가장 많이 울었다.

"녀석! 드디어 해냈구나?"

청살지 박우혜가 영미를 두 손으로 끌어안으며 눈물을 흘렸다.

"네! 감찰어사가 됐어요! 다 언니 오빠들 덕택이에요!"

영미가 말했다.

"대견하다! 우리 막내 동생 영미야!"

독신 이지예가 박우혜가 앉고 있는 영미 등 뒤로 끌어안으며 말했다.

"암! 자랑스러운 우리들 막내지 허허……."

의신 자문강후가 소매로 눈물을 훔치며 웃었다.

"자! 우리들 자랑스러운 막내가 감찰어사가 된 후 발표한 공고문을 보세요!"

무신 심주덕이 자하경은에게서 공고문을 받아 들고 여러 사람 앞에 공고문을 낭독했다.

모두들 조용히 심주덕의 공고문 낭독을 경청했다.

"모두 공고문 내용을 알았죠? 그러니 각서를 한 장씩 쓰시고 간단한 옷만 챙기시고 쓰던 그릇이나 옷가지들은 그냥 놔두시고 중요한 것만 챙겨 여길 나가서서 푸짐하게 식사들 하시면서 회포를 푸시도록 하세요!"

자하경은이 종이와 펜을 하나씩 나눠주며 말했다.

"저건 너무 잔정이 없어. 너무 냉정해! 봐! 지 할 일만 하는 거."

사녀 이진경이 자하경은을 보며 옆의 마인 자하도진에게 작은 소리로 불평을 털어놨다.

"허허…… 누굴 닮아서 그렇겠지."

자하도진은 농담으로 받아넘기며 즐거움을 감추지 못했다.

"각서는 그렇다 치고 그릇이나 옷가지는 왜 놔두라는 것이야? 정든 물건인데?"

소악녀가 자하경은에게 물었다.

"바보! 그건 말이야. 여긴 관광지로 만든다잖아. 그러니 볼거리를 남기려는 것이겠지!"

고림추이가 소악녀 등을 손바닥으로 탁 치며 장난스럽게 말했다.

"어! 두 분이 언제부터 그렇게 가까운 사이가 됐어요?"

자하경은이 놀랍다는 표정이다.

"말도 마라! 너희들 나가고 둘이 사귀었단다. 크크…… 이미 결혼까지 한 걸!"

무영투 정군영이 웃으며 말했다.

"결혼까지?"

영미가 의외라는 표정으로 물었다.

"응! 이모. 내가 한참 어린 영계지만. 낚였어!"

소악녀가 영미를 보며 쑥스러운 미소를 지었다.

옆에서 고림추이가 고개만 끄떡이며 영미를 쑥스러운 듯 바라보았다.

"와! 아무튼 축하해요! 킥킥…… 아니지. 내가 이모니까. 고림추이 오빠도 이제부턴 조카사위가 되는 것이지. 힘!"

영미가 어깨를 으쓱하면서 시치미를 뚝 뗐다.

소악녀를 오빠의 부인으로 대하면 오히려 조카사위가 아니라 언니라 불러야 하는 것이니 영미로선 엄청난 손해였다.

그것을 모를 리 없는 영미기에 얼른 선수를 쳐서 조카사위로 만들어 버린 것이다.

"괜찮아! 오늘은 생애 가장 기쁜 날. 조카사위면 어떻고, 오빠의 아내면 어떠냐? 허허……"

고림추이가 호탕하게 웃었다.

영미가 장난을 하고 있다는 것쯤은 이미 알고 있음이다.

"그럼! 그럼! 하하……"

비마 자량후민이 맞장구를 치며 웃었다.

하하하……

호호호……

모두들 한바탕 웃었다.

"뭐해요? 다들 여기서 더 살고 싶어요? 얼른 떠날 준비 안 하고?"

자하경은이 역시 냉철하게 서두르고 있었다.

"자! 다들 나갈 준비들 합시다!"

박우혜가 자하경은의 말에 맞장구를 치고 나왔다.

다들 알았다는 대답을 하면서 각자 동굴로 빠르게 날아갔다.

"……!"

영미는 다들 동굴로 갔는데 혼자 남아서 영미에게 다가오는 소악녀를 보고 의아한 표정을 지었다.

"내가 이모를 주려고 만든 것인데, 선물이야. 받아줘!"

소악녀가 손안에 들어갈 정도로 작은 나무 상자를 영미에게 줬다.

마치 아무도 알면 안 되는 것처럼.

"이건?"

영미가 소악녀에게 물었다.

내용물이 뭐냐는 것이다.

"만독단이야. 물론 이모한텐 별 도움이 안 되겠지만 한 가지 도움이 될 거야. 공력에 많은 도움이. 히히……."

소악녀가 작은 소리로 말했다.

"언제 이런 걸 만들었어?"

영미가 다시 물었다.

"히히…… 이모가 죽인 수황의 뱀. 그것 때문에 쉽게 만들었어. 재료가 다 준비가 돼 있었는데 그거 하나만 없었거든. 아마 공력도 한 200년은 도움이 될 것이고 무엇보다도 이모 젊음이 몇십 년은 그대로 유지될걸! 히히. 만독불침지체도 될 것이고. 어서 먹어! 남들이 보면 안 되니까."

소악녀가 작은 소리로 독촉했다.

영미는 상자를 열어 보았다.

맑고 청아한 향기가 가득했다.

"무슨 독약이 이렇게 향기가 좋아?"

영미가 의아한 표정으로 물었다.

"웅! 누가 오기 전에 얼른 먹어!"

소악녀가 다시 남들이 오나 두리번거리며 말했다.

영미는 둥근 환약을 상자에서 꺼내 얼른 삼켰다.

입안에 청아한 향기가 가득 전해지며 정신이 맑아지며 온몸에 기운이 충만해졌다.

"이게……!"

영미는 도무지 독약으로 만든 것이라고는 믿을 수 없다는 표정이었다.

"뭐야? 이모한테 만독단을 먹인 거지? 그렇지?"

자하경은이 영미에게 달려오다 놀랍다는 표정으로 소악녀를 바라보며 물었다.

"히히…… 눈치는 백단이라니깐. 넌 이미 먹었으니깐. 질투를 하는 건 아닐 테고?"

소악녀가 자하경은을 보며 자랑스럽게 웃었다

"그게 아니라! 또 시… 읍. 읍."

자하경은이 뭔가 말하려고 하자 소악녀가 얼른 자하경은의 입을 손으로 막아 버렸다.

영미는 의아한 표정으로 둘을 바라보았다.

"아, 알았어! 말 안 할게. 퉤. 퉤. 더럽게 씻지도 않은 손으로… 우엑!"

자하경은이 호들갑을 떨며 말했다.

영미는 두 사람 대화에 이상함을 느꼈으나 동굴로 갔던 사람들이 몰려오고 있으므로 서둘러 자암옥을 떠날 준비를 했다.

최렴가.

천국성 보문시(수도) 외곽에 자리 잡은 커다란 음식점 이름이다.

최렴.

천국성 민물고기 이름이다.

가늘고 긴 손가락 크기의 작은 물고기이지만 영양가를 골고루 갖춘 맛있는 물고기이다.

특히 내장을 튼튼히 해주고 젊음까지 유지해준다는 과학적인 연구 결과가 나온 후에는 값이 천정부지로 치솟은 황금 물고기이다

민물고기를 못 먹어본 자암옥 사람들로선 가장 먹고 싶었던 음식이었다.

천국성은 물이 맑고 깨끗해서 민물고기라 해도 균이 전혀 없는 청정 먹거리로 유명하다.

최렴가에선 오로지 최렴 민물고기만 요리해서 판매한다.

회와 매운탕, 그리고 어죽까지.

인기가 많아서 항상 자리가 없을 정도로 손님이 많다.

자암옥을 나온 자하경은이 식사 대접을 위해 이곳으로 모두를 데리고 왔다.

단지 소악녀와 영미만 무슨 볼일이 있다고 조금 늦게 오겠다 하며 어디론가 같이 갔다.

웃고 떠들며 음식을 시켜놓고 우선 지구의 한국식 막걸리부터 한잔

씩 하고 있었다.

당연 인기가 좋은 술은 동동주였다.

영미가 기거하는 집.

영미의 침실.

영미는 옷을 벗고 침대에 걸터앉아 있고.

등 뒤에서 소악녀가 영미의 등에 침을 마치 고슴도치처럼 꽂고 있었다.

"이모, 이건 소악녀의 전문 침술법으로 만독단을 이모의 공력으로 흡수시키고 모든 혈맥에 만독불침으로 만들기 위한 침술이에요!"

소악녀가 이마에 방울방울 땀까지 맺혀 있는 모습으로 영미에게 말했다.

무척 어려운 침술을 시도하고 있다는 것을 소악녀 모습으로 느낄 수 있었다.

"응! 나도 느끼고 있어! 몸이 날아갈 정도로 가벼워지는 느낌인걸!"

영미가 말했다.

"이건! 한 가지 특이한 성질이 있는데 혹시 알아?"

소악녀가 물었다.

"킥킥…… 독에 당하면 당할수록 내력이 증진된다는 것?"

영미가 웃으며 물었다.

"엥! 알고 있네! 바로 그거야! 강한 독일수록 체력을 많이 얻을 수 있다는 장점이 있지. 이모 체력이 이젠 1,500년 이상이 됐어! 앞으로 강한 독을 누군가 사용하면 한번 사용할 때마다 100년에서 300년 이상 체력을 얻을 수 있을 것이야. 혹시 모르지. 우리가 모르는 그 무슨 독약이 이모를 중독 시킬지. 세상은 넓으니깐. 그럼 한 1,000년 체력도 얻을 수 있을지 모르거든."

소악녀가 말했다.

"너무 강하면 목숨부터 잃을 수도 있고?"

영미가 빙긋 미소를 지으며 물었다.

"그, 그래! 맞아!"

소악녀가 말했다.

"킥킥…… 자암옥 언니 오빠들이 영미를 괴물로 만들더니 조카님도 한몫하네!"

영미가 생글생글 웃었다.

"히히…… 내 평생소원이 하나 있는데. 그것부터 만들어봐야겠어. 이젠 자암옥에서 나왔으니깐."

소악녀가 뭔가 하고 싶은 것이 있나 보다.

두 눈에 결연한 의지가 보였다.

"킥킥…… 꼭 성공하길 빌어! 그리고 경은이에게 꼭 시험하길. 나한테 말고."

영미가 말했다.

"대충 눈치 챘구나? 역시 이모는 천재야. 이제 거의 끝났다. 다들 기다릴 테니 얼른 가야지. 매운탕이 먹고 싶어! 히히……."

소악녀가 말했다.

뭐가 그리 즐거운지 입가엔 웃음꽃이 활짝 피었다.

밀용성(謐蓉星)

천국성 사람들이 조용한 연꽃의 별이라 하여 그렇게 부르는 별이다. 물과 연꽃이 장관을 이룬 가까운 별.

마치 몇백만 년 전 공룡시대를 연상케 하는 동물들의 낙원이다.

화산과 지진이 자주 발생하고 독충과 인체에 해로운 병균이 득실거린다 하여 아직은 가보기를 꺼려하는 버려진 별.

커다란 공룡부터 작은 해충들까지. 그야말로 동물들의 천국이다.

마치 어떤 늪지대를 그려 놓은 듯.

밀용성 별을 그려놓은 지도를 보면 그랬다.

작은 육지들과 작은 물이 잘 어우러져 있는 땅.

큰 바다와 큰 육지는 어디를 봐도 없었다.

길게 이어진 탁자 위에 김이 모락모락 피어오르는 찻잔이 놓여있고 탁자 양옆으로 고란 가죽으로 된 소파에 늙은 남녀들이 앉아있었다.

할아버지들이 6명,

할머니들이 3명이었다.

모두 9명.

그들이 바라보는 눈길은 오로지 밀용성 그림지도였다.

온통 검은 수염이 50센티는 길게 늘어진 체 얼굴 전체를 수염으로 가린 할아버지가 가장 먼저 입을 열었다.

"우리가 밀용성을 주시하는 것은 토목담향의 은신처로 주목하고 있기 때문입니다. 이제 감찰어사부에 새로운 주인이 왔으므로 우리 늙은이들은 물러나야 할 때가 온 것입니다. 우리가 물러날 땐 물러날 때고 그냥이야 물러날 수야 없지요. 비록 늙고 힘없는 늙은이들이지만 그래도 선배 감찰어사부 3급 공무원들이 아닙니까. 마지막으로 밀용성을 조사하고 죽어도 자랑스럽게 죽읍시다."

"그럽시다!"

"맞습니다!"

검은 수염이 긴 노인의 말에 모두들 고개를 끄떡이며 동의를 했다.

"맞습니다! 새로운 감찰어사 정영미가 오면 못 가게 말릴 것이 분명하니 몰래 얼른 떠납시다!"

얼굴이 하얗고 잘생긴 할머니가 말했다.

"우리 9명 중. 다시 돌아올 사람은 단 한 명입니다. 잊지 마십시오. 토목담향에게 붙잡혀도 뺏길 우주선이 없어야 하므로 9개 일인용 우주선으로 간 후 바로 모두 폭파될 것입니다. 돌아올 땐 그 9개 폭파된 우주선의 9개 조각을 연결해야 겨우 일인용 돌아올 우주선이 만들어질 것입니다. 이 비밀은 토목담향에게 붙잡혀도 절대로 함구해야 동료가 돌아와 토목담향의 발견을 감찰어사부에 알릴 수 있을 것입니다. 잊지 마십시오."

가장 젊어 보이는 할아버지가 말했다.

"다 알았으니 어서 출발하도록 합시다!"

모두들 고개를 끄덕이며 말했다.

"그럼 출발합니다."

그렇게 전임 감찰어사부 직원들 노인들은 밀용성이란 동물들 낙원인 별로 날아갔다.

헤리쮸.

백타성 제1 왕자는 요즘 매일 같이 후원에 나와서 하늘만 쳐다보고 있었다.

누군가 애타게 기다리고 있는 모습이다.

그런 헤리쮸 모습을 몰래 지켜보는 눈이 있었으니.

헤리향.

백타성 유일한 공주였다.

"오라버니가 천국성 감찰어사한테 완전히 빠졌어. 풋…… 하늘만 쳐다보면 그녀가 날아올까."

헤리향이 미소를 지으며 오빠인 헤리쮸를 바라보고 있었다.

헤리쮸를 지켜보는 눈은 헤리향 하나뿐이 아니었다.

검은 생머리를 길게 늘어뜨린 크고 검은 눈동자의 여인.

거의 투명한 날개가 활짝 펴져 있는 등이 유난히 돋보이는 여인.

그녀의 눈은 질투심에 사악하게 빛나고 있었다.

"흥! 빽탐쮸의 여신인 나를 두고 천국성의 계집한테 빠져서. 스스로 명을 재촉하는군!"

백타성의 여신이라고 스스로 말하는 여인.

그녀의 눈은 점점 더 사악하게 변하고 있었다.

그 예쁜 눈이.

"네가 그 천국성 계집을 못 잊어 하면 너의 기억을 지울 것이고. 그 계집이 너를 조금이라도 생각하면 죽일 것이고. 둘이 서로 다정하게 보이면 둘 다 죽여 줄 것이다! 빽탐쮸의 다음 황후 자리는 나 체슈틴의 것이니깐. 황후 자리가 안 되면 여왕이라도 될 것이다. 호호호……."

체슈틴이라 하는 여인은 더욱 사악한 눈으로 헤리쮸를 바라보며 사악하게 웃었다.

백타성에선 보기 드문 일이다.

이렇게 사악한 눈빛이 있다는 것도.

이렇게 사악한 미소를 짓는 여인이 있다는 것도.

백타성에선 처음 있는 일이다.

모두 착하기만 한 인간들이기에.

선량한 마음을 지닌 백타성 주민들이기에 더욱 그랬다.

체슈틴.

그럼 그녀는 누구인가.

한마디로 백타성 모든 인간들이 신처럼 받드는 요정국의 공주였다.

요정국.

백타성이란 별에서 조그만 나라를 형성하고 있으며 신기한 재주를 갖고 있는 여인들 나라 요정국이다.

신기한 재주란,

죽음에 이르는 인간들도 목숨을 살려주고 아기를 남자와 여자를 원하는 데로 낳게도 해주고

못생긴 사람을 잘생긴 사람으로 만들어주는 등.

백타성 사람들에겐 신기한 재주를 가진 신적인 존재들이다.

그들은 이슬만 먹고 산다고 전해졌다.

체슈링.

요정국왕.

물론 아름다운 여인이다.

그 여인 체슈링의 무남독녀로 알려진 체슈틴.

너무 천방지축이라서 요정국에서도 골칫덩어리로 통한다.

특히 그녀의 무공은 그 끝을 알 수 없다고 전해지듯이 엄청났다.

큰 산도 순식간에 없애고

큰 바닷물도 순식간에 마르게 했다.

그녀는 무서운 성격의 여인이기도 했다.

유일하게 백타성 역사상 약속 교본을 지키지 않는 여인이다.

백타성의 무법자.

체슈틴.

마치 인형처럼 귀엽고 아름다운 여인.

날개가 투명하듯 그녀의 무공과 그 능력은 누구도 따라올 수 없었다.

그런 그녀가 백타성 황태자를 점찍고 사악한 마음을 품었으니…….

2대 神의 奇緣(신의 기연)

백타성엔 오랫동안 전해 내려오는 신의 기연으로 전설처럼 전해지
는 이야기가 있다.

모두 두 가지였다.

그 첫 번째 이야기.

淸神. 청신(맑은 신).

어떤 물건인지.

무엇인지.

전해지는 것은 없다.

다만,

그 청신의 기연을 얻으면

'1천 년의 체력을 얻고 온몸의 병이 생기지 아니하며 항상 깨끗한 육체를 유지한다'라고 전해진다.

具神. 구신(갖출 신).
무지개 색깔의 열매라 전해진다.
'먹으면 신이 된다'라고 전해지며
역시 천년 체력을 얻을 수 있다고 전해진다.

절대 1병(一兵).
백타성에 50년 전 특출한 과학자가 하나 있었다.
그가 평생 단 하나의 무기를 만들었다.
어떤 것인지.
어떻게 생긴 것인지.
전해진 것은 없지만,
그가 평생 만든 단 하나 무기이기에 그 무기는 천하제일의 무기리라 믿어 의심치 않았다.

백타성 사람들은 그 무기의 이름을 '아류척'이라고 불렀다.
과학자 이름이 아류.
그가 만든 尺(자)라고 이름 붙여진 것으로 보아 자처럼 생긴 것이 아닐까 생각한다.
그렇지만,
모든 것은 그냥 전설일 뿐이었다.
아직 누구도 그 기연이나 무기를 얻은 사실이 없고 목격한 사실도 없기 때문이다.

자연까지 자유자재로 사람들 마음대로 움직이는 백타성.

천국성보다 앞선 문명이기에 천국성 역시 백타성에서 많은 것을 배우고 표본으로 삼고 있다.

날씨가 무척이나 화창하고 바람 한 점 없이 따스한 날씨였다.

백타성엔 인공적으로 만든 사계절이 있다.

그러나 너무 덥거나 춥거나 하지는 않다.

항상 기온 차가 거의 없는 그런 사계절이다.

단지 위치에 따라 사람들이 항상 느낄 수 있도록 봄의 대지, 여름의 대지, 가을의 대지, 겨울의 대지로 만들어서 사람들이 놀러 갈 수 있는 공간을 만들었다.

헤리쮸가 높은 정원에 올라가 늘 그랬듯이.

오늘도 하늘을 쳐다보며 영미를 기다리고 있었다.

헤리쮸 머릿속엔 온통 생글생글 웃는 영미의 모습만 가득했다.

감찰어사 직위를 축하하려고 갔던 밤. 함께 웃고 떠들며 놀던 그날 밤이 헤리쮸 머릿속에서 떠날 줄 몰랐다.

헤리쮸가 정원에서 하늘을 쳐다보며 영미 생각에 잠겨 있을 때,

그를 지켜보는 체슈틴.

두 부하들에게 뭔가를 지시하고 있었다.

"늦기 전에 손을 봐줘야겠다. 이 체슈틴님이 남들보다 뛰어난 것은 절대 마지막까지 기다리는 것을 안 한다는 것이지. 미리 방지를 한다

는 것이야. 다른 자들은 물이 엎질러져야 그때서야 아이쿠 하면서 물을 담으려고 하지만, 이 체슈틴님은 물이 엎어지기 전에 미리 안전한 장소에 둔다는 것이다. 헤리쮸를 요정궁 내 처소로 데리고 와라! 국왕의 명을 이용해라! 늦기 전에 헤리쮸 머릿속에서 천국성 감찰어사 생각을 지워야겠다. 지난 기억을 지워야 생각을 안 하겠지. 호호호……."

체슈틴이 사악하게 웃었다.

"국왕의 명이라 해도 따르지 않으면 어쩌죠?"

체슈틴의 두 부하는 역시 아름다운 소녀들이었는데

그중 머리를 두 갈래로 따서 곱게 묶은 소녀가 물었다.

두 눈이 크고 맑고 깊어 보이는 것이 영리하게 생겼다.

"강제로 끌고 와라!"

체슈틴이 짧게 명령을 내리고 휙 돌아서서 하늘로 날아올랐다.

투명한 두 날개가 유난히 반짝거렸다.

백타성 전체를 지배하는 황제의 제1 왕자이지만.

요정국왕의 명을 가볍게 물리치지는 못한다.

그 이유는 황제의 총애를 받고 있기도 하지만,

신적으로 추앙받는 요정국을 적대시하면 모든 백성들이 태자를 곱게 보지 않기 때문이다.

또한,

황제의 명으로 요정국은 강제동행 명령을 할 수 있다.

비록 왕자라 하여도 요정국왕의 강제동행 명을 거역할 수는 없다.

그 이유는,

250년 전.

'바리춘'이란 요정이 있었다.

정말 요정이었다.

키도 다른 사람들 다리 하나 정도 크기에 불과했고

너무도 귀엽고 예쁜 소녀였다.

그 소녀는 손짓 하나로 사람의 병도 치료하고

손짓 하나로 비가 오게 했으며

하루아침에 곡식이 자라서 열매가 맺게 하기도 했다.

사람들은 그 소녀를 요정이라고 부르며 따랐다.

그 소녀가 요정국을 세우고 백타성 백성들에게 많은 은혜를 베풀었는데

그 당시 백타성 황제가 목숨이 경각에 달해 위급할 때 그 소녀가 말끔히 치료를 해줘서 22년간을 더 살다가 황제가 죽었다.

모든 백타성 사람들이 30년 이상 살기가 힘든데 그 황제만 43살까지 살았다.

그 황제가 죽기 전에 요정국 바리춘에게 황제의 표를 전해줬는데

그 표가 황제를 대신하는 절대명령을 내릴 수 있는 표였는데

요정국왕이었던 바리춘이 후인들에게 '반드시 그 죄가 중해서 요정국에서 정신적 치료가 필요한 사람을 강제로 동행하여 데리고 올 때만 그 황제의 표로 명을 전하라!'고 유언을 남겼다.

그 후 백성들에게 피해를 주는 사람이 있으면 요정국에서 강제 동행권을 이용해서 요정국으로 데리고 가 맑은 마음으로 정신을 청소해준다.

청소.

그건 나쁜 기억은 지우고 깨끗하고 좋은 기억만 남겨주는 것이니 그리 좋은 것은 못 된다 할 것이다.

　체슈틴의 부하 둘이 헤리쮸에게 다가왔다.
　"……!"
　헤리쮸는 두 요정국 소녀를 보고 반가운 눈짓으로 인사를 했다.
　"안녕하세요? 황태자님!"
　두 소녀가 공손히 인사를 했다.
　"네! 반가워요!"
　헤리쮸가 인사를 받았다.
　"저희 공주님이 황태자님을 처소에서 뵙자고 합니다!"
　두 소녀 중 머리가 긴 소녀가 말했다.
　눈이 파란 소녀였다.
　정말 앙증맞게 귀여운 소녀였다.
　"나를? 무슨 이유인지 모르지만, 지금은 곤란하오! 친구를 기다리는 중이라서."
　헤리쮸는 거절 의사를 전했다.
　두 소녀는 서로 마주 보며 미소를 지었다.
　마치 그럴 줄 알았다는 듯이.
　"저희 공주님이 강제 동행권을 이용하라고 명하셨습니다!"
　두 소녀가 동시에 말했다.
　"강제 동행권? 흠……!어쩔 수 없지."
　헤리쮸는 고심을 하다가 두 소녀를 따라가기로 결정했다.
　"그럼 가시지요!"

머리를 두 갈래로 묶은 소녀가 손으로 헤리쮸를 인도하며 말했다.

헤리쮸는 긴 한숨을 쉬며 소녀들을 따라 걷다가 다시 아쉬운 듯 하늘을 쳐다보았다.

"……!"

반짝.

헤리쮸 두 눈이 빛났다.

하늘 저 멀리 검은 점 하나가 서서히 내려오고 있었다.

"오……! 친구가 오는군!"

헤리쮸가 자기도 모르게 탄성을 질렀다.

두 소녀 역시 헤리쮸 눈을 따라 하늘을 쳐다보고 있었다.

두 소녀의 눈은 점점 파랗게 질려갔다.

그렇게 높은 하늘에서 서서히 내려오는 인간.

하나가 아니었다.

둘이다.

"어떻게 저럴 수가!"

두 소녀는 자신들도 모르게 놀라 소리쳤다.

자신들이 아무리 요정이라 해도 저렇게 높은 곳을 마음대로 날아다니지 못한다.

인간들이 인공적으로 조종하는 자연 역시 그 높은 곳까지는 미치지 못하기에 바람과 산소호흡까지도 조건이 맞지 않기 때문이다.

그런데,

그 높은 곳에서 서서히 내려오는 인간들.

그들은 날개도 없었다.

더욱 놀라운 것은 한 여인이 다른 여인을 안고 내려온다는 사실이다.

영미.

영미가 자하경은을 안고 서서히 내려오고 있었다.

"안녕하세요?"

영미가 하늘 높은 곳에서 내려오면서 헤리쮸를 발견하고 인사를 했다.

"어서 와요. 기다리고 있었습니다!"

헤리쮸가 무척 반가운 표정으로 인사를 받았다.

"두 분 요정님들은 그냥 가서야겠습니다! 강제 동행권은 나중에 받들기로 하죠. 국가의 중대한 외계 사절단을 맞이해야 하므로 강제 동행권도 받들 수 없네요!"

헤리쮸가 두 요정 소녀에게 말했다.

"네에?"

두 요정 소녀는 무슨 말이냐는 듯 물었다.

강제 동행권을 거절할 수 있다는 이유에서였다.

"하하…… 국가의 중대한 사안이나 외계 사절단을 맞이해야 하는 상황에서는 어느 명령이든 받들 수 없다는 것은 귀 요정국 공주님께서도 이미 알고 계실 겁니다."

헤리쮸가 두 소녀에게 어서 가라는 손짓을 했다.

두 소녀는 고개를 갸우뚱하면서 그곳을 떠났다.

영미가 자하경은을 안고 바닥에 내려선 것도 두 소녀가 떠난 바로 같은 순간이었다.

"안녕하세요? 태자님!"

자하경은이 영미 품에서 벗어나며 헤리쮸에게 인사를 했다.

"어서 와요!"

헤리쮸가 자하경은을 반갑게 맞이했다.

헤리쮸 시선은 잠깐 자하경은에게 머물다가 다시 영미에게로 갔다.

"아까 그 소녀들은? 시녀인가요?"

영미가 방금 떠난 요정 소녀들을 누구냐고 묻는 것이었다.

"하하…… 요정들입니다."

헤리쮸가 대답했다.

"요정들이라니요?"

자하경은이 얼른 물었다.

요정이란 말에 무척 궁금한 모양이다.

"요정국이란 곳에 있는 소녀들로서 이곳 백성들이 신처럼 여기는."

헤리쮸가 자세히 요정국에 대해 설명했다.

"아하! 그런 곳도 있군요!"

자하경은이 이제야 이해가 간다는 표정이었다.

"그런데 우주선도 없이 그냥 날아서 왔나요?"

헤리쮸가 이상하다는 표정이다.

영미 일행이 타고 온 우주선에 대하여 어떤 보고도 받지 못했던 것이다.

"킥킥…… 그렇게 먼 곳을 어떻게 날아와요. 우주선도 없이. 제3 우주 비행장에 맡겼어요."

영미가 생글생글 웃으며 말했다.

"햐……!"

헤리쮸는 영미가 생글생글 웃자 그만 정신이 몽롱해지는 기분을 느꼈다.

인재들의 집단, 청유회

마치 그 웃음 속에 마력이라도 있듯이 영미의 웃음이 헤리쮸를 깊은 나락으로 떨어뜨리고 있었다.

"제3 우주 비행장이면."

헤리쮸는 이해가 간다는 듯 고개를 끄떡거렸다.

백타성엔 우주 비행장이 육지와 하늘에 설치되어 있는데

제3 비행장이 공중에 설치된 우주 비행장이었다.

백타성엔 우주선이 엄청 많았다.

천국성 우주선보다도 성능이 더욱 좋은 것들이 많았다.

그러므로 우주선을 잃어버릴까 걱정할 필요는 없다.

우주 비행장에 맡겨 놓으면 백타성 방위군이 철저히 지켜준다.

"제3 우주 비행장에서부터 날아오신 것이군요?"

헤리쮸가 다시 물었다.

"네!"

영미가 생글생글 웃으며 대답했다.

"역시 대단합니다! 날개가 있는 우리들도 그곳에 갈 때는 비행기를 타고 가는데……. 공기도 작고 간혹 바람도 강하게 불기 때문에 위험하거든요."

헤리쮸가 엄지손가락을 치켜세우며 말했다.

천국성에서 배운 습관이다.

"킥킥…… 무서워서 혼났습니다!"

영미가 호들갑을 떨며 온몸을 부르르 떠는 시늉까지 했다.

"하하하……."

영미의 호들갑에 헤리쮸가 웃고 말았다.

"외계관에 연회 준비를 하라고 해라!"

혜리쮸가 팔목에 찬 시계 같은 전화기로 누군가에게 지시를 내렸다.

시계 같은 전화기는 여러 가지 기능이 있는데

차츰 그 기능을 설명하기로 한다.

"자! 외계관으로 갑시다. 연회가 준비되는 동안 천천히 가면서 이야기나 합시다!"

혜리쮸가 영미에게 앞서 걸으라는 손짓을 하며 각종 꽃이 양옆으로 피어있는 작은 길로 영미와 자하경은을 인도했다.

"태자님께서 조금 전 요정이란 두 소녀를 보내고 난 후 표정이 몹시 어두워 보였는데 그 이유를 말씀해주실 수 있나요?"

영미가 호기심 어린 표정으로 혜리쮸를 바라보며 물었다.

"역시……! 눈치도 빠르십니다. 하하하…… 맞아요! 좀 골치 아픈 일이거든요!"

혜리쮸가 영미에게 요정국의 강제 동행권에 대하여 설명했다.

"그런 일이 있군요! 그런데…… 왜 태자님을 강제 동행권을 이용 모시고 가려는 것일까요?"

영미가 다시 의문점을 물었다.

여전히 셋이 나란히 소로 길을 걷고 있었다.

자하경은 역시 영미와 같은 생각으로 혜리쮸의 대답을 기다리고 있었다.

"음……! 그, 그건…… 아마도 요정국 공주 체슈틴 생각일 겁니다. 체슈틴은 우리 빽탐쮸(백타성)의 악녀죠. 천방지축에 사고뭉치에다가 악독한 마음까지. 이번 일도 아마 저와 감찰어사님 사이를 떼어놓기 위한 수단일 겁니다."

혜리쮸가 암울한 표정을 지으며 말했다.

뭔가 근심이 가득한 표정이다.

"백타성의 악녀라……! 이곳에도 그런 마음을 갖고 있는 사람이 있다는 것은 첨 듣는 소리네요. 모두 착하고 어진 성격만 있는 걸로 아는데. 그런데…… 우리 이모와 태자님 사이를 떼어 놓다니 어떤?"

자하경은이 자기 생각을 말하고 의문점을 물었다.

"그녀는 빽탐쮸의 황후 자리를 원해요. 아니 황후라기보단 여왕 자리를 탐하는 것이죠. 나를 이용해서 자신의 야망을 채우려는 생각입니다. 즉 나와 결혼해서 나를 허수아비로 만들고 자신이 정권을 장악하려는 것입니다. 그런데…… 제가 감찰어사에게 관심을 보이자. 저를 데리고 가서 뇌를 개조하려는 것입니다. 즉 자신의 말만 듣고 자신만 바라보는 그런 바보로 만들려는 것이지요. 그들 요정국엔 그런 일쯤은 아무것도 아니거든요. 그들은 인체를 마음대로 수술하고 붙이고 자르고 조종하는 것쯤은 아주 쉬운 일이죠. 그래서 절 데려가려는 것입니다. 흠…… 때맞춰서 감찰어사님이 오셔서 외계 사찰단 영접이라는 명목으로 강제 동행권을 거절할 수 있었던 것입니다."

헤리쮸가 길게 이야기를 하고 잠시 호흡을 가다듬었다.

"빽탐쮸 백성들이 신처럼 숭배하는 집단이 요정국이라서 그들을 단죄할 수도 없고 특히 요정국 공주 체슈틴은 무적에 가까운 무서운 무술과 능력을 갖고 있습니다. 그러니 감찰어사께서도 각별히 주의를 하시길 바랍니다."

헤리쮸의 이야기가 끝났다.

영미도 자하경은도 한동안 말이 없었다.

뭔가 골똘히 생각을 하는 눈치였다.

"이모가 손을 좀 봐주고 가면 어떨까?"

자하경은이 영미를 보고 물었다.

영미 무공과 능력이면 가능하지 않느냐는 이야기다.

"안 됩니다! 감찰어사님 능력을 무시하는 것이 아니라 그녀의 적수가 못됩니다."

헤리쮸가 말했다.

"뭐라고요? 이모 무술로도 적수가 안 된다고요?"

자하경은이 믿지 못하겠다는 눈치다.

"킥킥…… 네가 몰라서 그래. 이곳 백타성 일반인들도 너와 비슷한 무술과 힘을 보유하고 있어. 거기다가 조금만 무술을 배우고 체력을 닦은 사람이라면 나보다 강하거나 비슷하지. 이곳 백타성 사람들의 선천적인 체질이 그래."

영미가 생글생글 웃으며 아는 대로 설명했다.

"엥!"

자하경은이 이해할 수 없다는 표정이다.

"맞습니다! 이곳 사람들은 천국성 사람들보다 10배는 강합니다. 선천적으로 그렇게 태어났습니다. 화려하게 태어나서 짧게 살다 가는 것이 이곳 사람들입니다. 역사적으로 가장 오래 사신 분이 40세 정도에서 그치므로 천국성 사람은 200여 세 정도 사시니까 5분지 1이나 될까요. 수명이 말입니다. 그런 체질 덕택에 이곳 사람들은 모두 강합니다. 우주에서도 그 순위를 기록하면 2위에 기록될 정도로 강하답니다. 그런데 체슈틴은 무공도 강하고 천국성에서 말하는 체력이란 것 말입니다."

헤리쮸가 말을 멈추고 영미를 바라보았다.

"네?"

영미가 물었다.

"감찰어사님 체력이 1천 년 이상이라고 들었습니다. 맞습니까?"

헤리쮸가 되물었다.

"1,500년 체력 정도 될 거예요"

자하경은이 자랑스럽게 말했다.

"그래요……! 1,500년 체력. 감찰어사님이 천국성 사람들보다 선천적으로 10배는 강한 체슈틴을 이기려면 체슈틴보다 체력이 10배는 높아야 가능합니다. 그런데 체력도 비슷하답니다. 체슈틴도 아마 천년 체력이 넘을 겁니다. 요정국에서 제조한 보뇌환이란 알약을 하나 먹으면 100년 체력을 얻습니다. 한 사람이 3개 이상을 먹을 수 없는데 체슈틴만 다릅니다. 체질적으로 얼마든지 먹을 수 있는 체질을 갖고 태어났답니다. 단지 그 보뇌환을 1년에 1개 이상을 먹을 수 없기에 체슈틴이 5살 때부터 먹기 시작을 했으므로 이제 18세니까 아마 14개는 먹었을 겁니다. 그래서 그 보뇌환 때문에 악녀가 됐답니다. 머리까지 이상하게 만들어 버리는 후유증 때문입니다. 선천적인 악녀가 아니라 약물 때문에 변한 겁니다. 휴……."

헤리쮸가 말을 끝내고 길게 한숨을 쉬었다.

그런 헤리쮸 모습을 보고 영미는 헤리쮸가 한때는 체슈틴을 사랑했었다는 것을 알았다.

"그런 일이 있었군요!"

영미가 안타까운 표정을 지었다.

체슈틴이 불쌍하다는 생각을 한 것이다.

"이론적으론 1,500년 체력을 가진 사람을 이기려면 300년 체력을 가진 사람이 6명 있으면 가능할 것 같은데 그게 아니죠. 체슈틴을 이기려면 요정국 300년 체력을 가진 요정들이 5만여 명 있는데 다 덤벼도 가능성은 희박하다고 합니다. 그러니 체슈틴이 안하무인 천방지축 무법자로 변하고 말았죠."

헤리쮸가 암울한 표정으로 설명했다.

"요정국은 어느 쪽에 있나요?"

영미가 물었다.

"지옥애(地獄崖)라는 낭떠러지기가 있는데⋯⋯ 그곳에 요정국이 있답니다."

헤리쮸가 대답했다.

"지옥애요?"

영미가 다시 물었다.

지옥애에 대하여 자세히 설명 좀 해달라는 것이다.

"강한 흡입력이 있어서 날개를 가진 우리들도 그 낭떠러지 위를 날 수 없으며 그 끝이 어디인지 보이지도 않을 뿐. 깊이가 얼마인지도 모르는 말 그대로 지옥의 낭떠러지입니다. 길이가 무려 5만 위(약 5킬로미터로 백타성 길이를 재는 단어) 정도 되는 긴 낭떠러지이며 그 위에 요정국 왕궁이 있습니다."

헤리쮸가 자세히 설명했다.

"이모 5만 위가 뭐야?"

자하경은이 영미에게 물었다.

"응. 천국성 길이를 재는 단어로 말하면 십오 리 정도 되는 거리야."

영미가 설명했다.

천국성은 이씨조선에서 납치되어 온 사람들이 정착한 별이므로 한글과 한자를 섞어 쓰는 것은 물론 사소한 것들까지도 조선시대 용어를 그대로 사용하는 것이 많다.

좋은 예로

천국성 최고의 위인 하면 당연 세종대왕이다.

2033년 지구 이야기

시리도록 파란 하늘.

높은 포플러나무가 울타리처럼 빙 둘러 외부에서 들여다볼 수도 없는 천혜의 숲속에 커다란 창고건물이 있었다.

수민이 일행이 독군을 따라 도착한 곳이다. 이곳까지 들어오는 동안 수민이가 느낀 것은 이중 삼중으로 완벽한 경계와 방어가 이루어져 있다는 것이었다. 절대 외부에서 안쪽 상황을 살필 수 없게 하늘까지 완벽히 방어를 하고 있다는 것을 알았다. 늘 새파란 하늘이 바로 그것이었다. 진짜 하늘이 아니라 인공적으로 그렇게 보이도록 만든 하늘이었던 것이다.

"이런 곳을 언제?"

수민이가 묻고 싶은 말을 혼자 중얼거렸다

"이미 1년 전에 감찰어사님께서 천국성에서 지구로 오시기 전에 저희 문주님께 지시하신 것이고요. 이곳을 만든 것은 약 9개월 전입니다."

독군이 수민이 중얼거림에 냉큼 답을 했다.

"스승님께서! 역시 대단하셔. 정말 신이라고밖에 다른 표현이 없네요."

수민이가 감탄하며 말했다.

"저희 천국성 모든 분들이 그분을 신이라고 합니다. 무신, 무술의 신. 의신, 의술의 신. 발명의 신. 등등."

독군이 당연하다는 투로 말했다.

"네! 저희들이 보기에도 그렇습니다."

하나와 지수가 동시에 말했다.

"일단 들어가시죠."

독군이 수민이 일행을 창고 안으로 안내했다.

"안녕하세요?"

창고 안에는 5명의 사람들이 무술 연습을 하다가 수민이 일행을 발견하고 독군과 수민이 일행을 향해 인사를 했다.

"어! 친구가 여길 어떻게?"

수민이가 다섯 사람들 중에 국영이 있는 것을 발견하고 물었다.

"나도 이제 아버지 재산을 사회에 헌납하고 천국성으로 가려고. 친구도 같이 갈 거지?"

장국영이 수민이를 보며 웃으며 물었다.

"킥킥…… 이 친구 정말 스승님께 반했군! 어? 저분은 어떻게 스승님과 모습이 비슷하지?"

수민이가 국영이 옆에 서 있는 소녀를 발견하고 물었다. 너무도 영미를 닮은 소녀. 생김새도 분위기도 너무 비슷한 것이었다.

"아! 안녕하세요? 선리라고 합니다."

소녀는 인사를 했다.

"이분 선리님도 스승님의 제자야."

국영이 말했다.

"다른 분들은? 헉!"

수민이가 나머지 사람들을 보며 물었다. 평범한 얼굴의 남자 3명. 수민이는 그들을 보며 수민이는 무척 놀랐다.

"강하다. 스승님과 비슷한 고수들이다. 어쩌면 더 강할지도 모른다."

수민이는 그렇게 느끼며 지수와 하나를 번갈아 봤다. 둘 다 수민이 생각에 동의를 한다는 표정들이다.

"모니터를 봐주십시오."

독군이 벽에 걸린 커다란 모니터를 손으로 가리켰다. 모니터가 켜지며 영미가 나타났다.

"이제부터 제자들에게 특별히 임무를 줄 것이다. 제자들 앞에 있는 3명의 남자들은 내가 만든 인조인간이다."

영미의 말을 듣고 수민이 일행은 기겁을 하도록 놀라고 있었다.

"인조인간? 스승님께서 왜?"

하나같이 공통된 의문이다.

"아니, 엄밀히 말하면 로봇이다. 생명이 없는 로봇."

영미가 웃으며 말했다.

"그럼 그렇지. 헌데 로봇이 어떻게 저리 인간과 같지."

수민이 일행은 공통된 생각을 하고 있었다.

"그대들은 지금부터 저 로봇과 혼연일체가 되는 훈련을 받고 저들 로봇을 데리고 비밀리에 천국성에 갈 것이다."

영미의 말을 듣고 수민이 일행은 물론 국영과 선리라는 소녀는 환희에 찼다. 그렇게 동경의 대상이었던 별나라, 우주여행을 하게 됐다는 기쁨이 먼저고 영미가 자신들을 믿고 임무를 줬다는 기쁨이 두 번째다.

"이번 팀을 이끌 팀장은 안수민 그대가 한다."

영미의 말을 듣고 수민이는 무척 기뻤다. 자기도 모르게 고개를 꾸

삑하며 절을 했다.

"로봇과 훈련기간은 불과 일주일이다. 열심히 하도록. 훈련이 끝나면 우주선이 도착할 곳으로 독군이 안내를 하고 함께 동승할 것이다. 천국성에서 할 일은 야두리혁의 두 번째 부인의 행방을 찾는 일이다. 그녀 이름은 심효주다. 찾을 수도 있고, 못 찾을 수도 있다. 허나 찾게 되면 그대들에게 많은 위험이 따를 것이다. 야두리혁보다 어쩌면 더 사악한 음모를 진행하고 있을 것이니 말이다. 내 생각이지만 100년 전 지구로 야두리혁과 토목담향을 추방한 음모 역시 그녀 심효주의 작품이라 생각한다. 그 생각이 맞는다면 지금 그대들 앞에 있는 로봇 3인으로서도 감당하기 힘들 것이다. 그러니 최선을 다해 훈련에 임하도록."

영미의 말이 끝났다.

"네! 알겠습니다. 스승님!"

모두 힘차게 대답했다. 모니터엔 이미 영미 모습은 사라졌다. 대신 지루단경이 나타났다.

"로봇은 앞에 보이는 3인 외에도 이미 지급받은 1개씩 가지고 계신 것을 이용, 그 능력을 최대한 발휘하도록 여러분은 독군의 명에 따라 훈련에 임하도록 하세요. 그럼, 일주일 후에 뵙도록 하죠."

지류단경도 할 말만 하고 모니터에서 사라졌다.

"자! 그럼 이제부터 강훈련에 들어가겠습니다. 로봇엔 생명이 없다는 생각은 버리십시오. 그들도 동료고 인간이라는 생각만 하십시오."

독군이 말했다.

영미의 지난 이야기

외계관.

특수 금속이 많은 백타성이므로 천국성에서도 우주선을 만들려면 백타성에서 대부분 금속을 수입한다.

그런 백타성 외계관 역시 화려한 금속으로 만들어져있었다.

투명한 철과 빨간 철.

녹색 철과 은, 금 등 다양한 금속을 기둥과 벽면에 골고루 색깔을 맞춰서 건축한 외계관은 단층으로 마치 둥근 계란 형태로 만들어져 있었다.

입구는 동그랗게 구멍 형태로 만들어져 있었으며 자동으로 철문이 열리고 닫혔다.

내부 역시 철제 의자들이 촘촘히 줄을 맞춰 늘어선 넓은 강당과 편의시설, 숙소 등이 양옆으로 만들어져 있었다.

백타성이 자랑하는 무희들이 악사들의 은은한 음률에 맞춰 춤을 추며 자하경은과 영미를 맞이했다.

"어서 오세요! 반가워요!"

혜리향이 영미에게 악수를 청하며 반갑게 맞이했다.

"며칠 못 본 사이에 더욱 아름다워지셨군요!"

영미가 혜리향의 인사에 답례를 했다.

"하하…… 감찰어사께서도 그런 아부성 발언을 하시는 줄 몰랐는데요!"

혜리쮸가 호탕하게 웃으며 말했다.

"킥킥…… 혜리향 공주님께서 아름답다고 칭찬하는 말을 제일 좋아 한다고 하더라고요."

영미가 생글생글 웃으며 말했다.

"예에? 누가요?"

혜리향이 이상하다는 반응이다.

"제3 우주 비행장에서 만난 직원이요."

영미가 아니냐는 표정을 지으며 말했다.

"호호호……."

"하하하……."

혜리향과 혜리쮸가 갑자기 웃음을 터뜨렸다.

"……!?"

영미가 어리둥절한 표정을 지었다.

"제3 왕자 혜리피민을 만났군요. 동생이 장난을 한 모양입니다."

혜리쮸가 미소를 지으며 말했다.

"네에?"

영미가 어리둥절한 표정을 지었다.

"제3 우주 비행장 책임을 맡은 사람이 제 오빠 제3 왕자 혜리피민입니다. 아마 나이가 영미님과 동갑으로 알고 있습니다."

혜리향이 말했다.

"아하……!"

영미가 알겠다는 표정을 지었다.

"그녀석이 장난을 무척 좋아하긴 하는데…… 호기심이 없는 사람한테는 안하죠. 아마도 감찰어사님에게 호감을 가진 모양입니다."

혜리쮸가 미소를 지으며 설명했다.

"네! 그렇게 된 것이군요. 그렇다면……! 공주님이 칭찬을 좋아한다는 것은 거짓말이군요?"

영미가 자신이 실수를 한 것이라 생각하고 급히 물었다.

"호호…… 칭찬을 싫어하는 사람이 있겠어요."

헤리향이 웃었다.

"하하하……."

헤리쮸도 웃었다.

"자…… 자! 그렇게 이야기만 하지 말고 앉으세요. 맛있는 음식이 다 식습니다!"

갑자기 영미 등 뒤에서 남자 목소리가 들렸다.

영미가 고개를 돌려 바라보니 15살 정도 돼 보이는 귀엽고 깜찍하게 생긴 소년이 서 있었다.

"저 아이는 제 동생 제5 왕자 헤리준호입니다."

헤리쮸가 소개를 했다.

"반가워요. 정영미라 합니다."

영미가 인사를 했다.

"저도 반가워요. 감찰어사라 해서 나이도 많고 무섭게 생긴 사람으로 생각했는데, 무척 예쁘고 나이도 저와 비슷한 것 같네요. 앞으로 우리 친구 해요."

헤리준호가 영미에게 손을 내밀어 악수를 청했다.

"좋아요. 친구 하죠."

영미가 헤리준호의 손을 잡았다.

"친구는 말을 놓는 거라 했어. 자, 친구야. 앉아!"

헤리준호가 영미 손을 잡고 의자로 안내했다.

넓은 식탁 위엔 푸짐한 음식이 가득 차려져 있었는데

그 식탁 왼편 끝에서 두 번째 자리에 영미를 앉게 하고 헤리준호가 끝자리에 앉았다.

"헹. 갑자기 나만 외톨이가 된 느낌이야!"

자하경은이 투덜거리며 맞은편에 앉았다.

지붕이 빨간색에 뾰족뾰족한 건축물이 빽빽이 들어선 10만여 평의 대지.

그 앞엔 마치 칼로 싹둑 자른 듯 직각으로 떨어진 절벽이 그 끝이 보이지 않을 만큼 깊고 안개까지 자욱하게 피어난 것이 더욱 음산한 분위기를 연출하고 있었다.

요정국.

지옥애.

이정표에 그렇게 쓰여 있다.

가장 큰 건축물.

그 규모가 5천 평은 돼 보였다.

그 건축물 높은 현관 위에 이렇게 쓰여 있다.

요정궁.

바로 요정국왕의 보금자리 왕궁이다.

요정궁 한쪽 작은 방.

화려하게 치장된 방에 황금색 의자가 놓여있고 그 위에 체슈틴이 앉아있었다.

그 앞.

혜리쮸를 데리고 오려던 요정 소녀 둘이 부복해 있었다.

"그래서, 천국성 감찰어사란 계집애가 왔단 말이지?"

체슈틴이 사악한 눈을 번뜩이며 두 요정 소녀를 번갈아 바라보았다.

인재들의 집단, 청유회

"네!"

두 요정 소녀들이 동시에 대답했다.

"오늘 밤 그 계집애를 내게 은밀히 데리고 와라!"

체슈틴이 두 눈을 사악하게 빛내며 말했다.

"순순히 따라오지 않으면 어쩌죠?"

두 요정 소녀가 거의 동시에 물었다.

"따라올 것이다! 이미 헤리쮸에게 내 이야기를 들었을 테니 호기심이 생겨서라도 올 것이다."

체슈틴이 확신하듯 말했다.

"알겠어요!"

두 요정 소녀가 대답했다.

높고 높은 산.

바위들이 날카롭게 생긴 것들이 산을 이루고 있어서 사람의 발길을 차단하고 있는 산꼭대기에

웅장한 성벽과 건축물이 세워져 있었다.

산을 오르는 유일한 계단은 바위 틈새로 꼬불꼬불 이어져 있었다.

그 계단 입구에 이렇게 쓰여 있었다.

들어오는 자 반드시 죽는다.

계단을 단숨에 오르는 자 반드시 산다.

1만 6천 계단을 반드시 다 밟고 올라야 산다.

무슨 뜻인가.

들어오라는 것인가, 말라는 것인가.

그 계단 입구에 헤리쮸와 영미, 자하경은이 서 있었다.

"이곳은 가장 무서운 함정이 곳곳에 숨겨져 있어서 들어가면 반드시 죽습니다. 그러나 저 1만 6천 계단을 하나도 빼지 않고 또 오르다가 쉬지 말고 똑같은 시간 차이로 계단을 하나씩 하나씩 밟고 올라야 삽니다."

헤리쮸가 설명했다.

"우아……! 저걸 어떻게 올라가! 난 못해."

자하경은이 두 손을 앞으로 내밀고 흔들며 일찍 포기 의사를 밝혔다.

"그래요. 우리별 역사적으로도 아직 단 한 사람도 없었으니까 포기를 하는 것이 당연한 것입니다."

헤리쮸가 자하경은을 바라보며 미소를 지어 보였다.

"힘들긴 하겠지만 도전을 해 볼 만한 일이야. 킥킥……"

영미가 생글생글 웃으며 계단을 밟고 오르기 시작했다.

"헉! 무모한 일인데……"

헤리쮸가 말릴 틈도 없이 영미는 이미 10여 계단을 오르고 있었다.

"경은이는 태자님과 꼼짝 말고 숨어있어! 내가 올 때까지."

영미 목소리가 30여 계단을 올라 이미 바위 틈새로 이어진 모퉁이 길을 돌아 보이지 않는 곳에서 들려왔다.

"쳇. 이모가 죽을지도 모르는데 어떻게……"

자하경은이 혼자 투덜거렸다.

"감찰어사님 말씀이 맞습니다! 지금 우리가 할 일은. 체슈틴의 눈을 피해서 잠시 몸을 숨겨야 합니다."

헤리쮸가 자하경은 소매를 잡고 어디론가 데리고 가기 시작했다.

"정말 체슈틴을 상대할 수 있는 사람이 저 위에 산다는 것이 맞나요?"

자하경은이 믿을 수 없다는 투로 물었다.

"네! 맞습니다. 아직 살아만 계신다면 맞아요."

헤리쮸가 자신이 없는 투로 말했다.

"살아만 계신다면? 그렇다면 이미 죽었을 수도 있다는 것이죠?"

자하경은이 황당하다는 표정으로 물었다.

"네! 살아 계신다면 이미 50세가 넘었을 것이니. 40세를 넘겨도 역사적인 기록에 최고 수명을 가진 사람으로 남는데 50세란 불가능한 것입니다. 거기다가 저 1만 6천 계단을 쉬지 않고 같은 시간을 맞춰 오르기란 불가능합니다."

헤리쮸가 암울한 시선으로 높은 산 위에 있는 건축물을 올려다보았다.

금방 건축물이 다 보이던 것이 지금은 구름이 산허리를 감아 꼭대기는 보이지도 않았다.

"그렇다면 우리 이모를 죽음의 길로 가게 했다는 것이에요? 뭐예요?"

자하경은이 금방이라도 헤리쮸를 공격할 태세다.

무척 화가 난 표정이다.

"그렇게 말릴 틈도 없이 계단을 오를 줄은 몰랐습니다. 돌아오기를 바라는 수밖에."

헤리쮸가 자하경은을 바라보는 두 눈에 반짝 이슬이 맺혔다.

"헉! 태자님이 이모를 많이 사랑하고 있구나."

자하경은이 헤리쮸의 눈물을 보고 조금은 화가 풀렸다.

그러나

우주에서 온 소녀의 21세기 암행어사 ❺

자하경은 마음속엔 오로지 영미의 안전만 걱정이 됐다.

"뭐라고? 태자도, 감찰어사란 계집도 보이지 않는다고?"

체슈틴이 화가 난 표정으로 소리를 질렀다.

"네! 어디로 갔는지 보이지 않습니다!"

10여 명의 요정 소녀들이 일제히 부복하며 대답했다.

"이것들이 벌써 천국성으로 같이 간 것 아니야? 우주 비행장을 다 뒤져서 감찰어사가 타고 온 우주선이 있는지 알아봐."

체슈틴이 다시 명령을 하달했다.

요정 소녀들은 일제히 대답하고 사방으로 흩어져 날아갔다.

1만 6천 계단.

시작부터 30계단을 빼고는 모두 터널식으로 지하로 이어진 계단이었다.

야명주와 거울이 동굴 계단을 밝게 만들어주고 있었다.

이제 겨우 2천 계단을 지나왔건만

영미 옷은 땀으로 흠뻑 젖어 있었다.

"킥킥…… 역시 힘들고 어려운 도전이야. 누가 사는지, 과연 그가 체슈틴을 상대할 수 있는 인물인지. 설마 아직도 살아 있으리라곤 생각하지 않는다. 필히 죽었으리라. 그래도 궁금한 것은 참지 못하지. 킥킥…… 백타성 인간들이 나보다 10배는 강한 체질을 갖고 태어났다고? 난 그렇게 생각하지 않는다. 그들이 도저히 오르지 못한 1만 6천 계단을 반드시 쉬지 않고 올라 그들보다 내가 더 강하다는 것을 보여주마. 킥킥……."

영미는 비록 15세 어린 나이지만,

감찰어사가 된 능력과 정신이 이미 어른들을 능가했다.

영미는 도저히 백타성 인간들이 자신보다 강한 체질을 갖고 태어난다는 사실을 인정할 수 없었다.

그래서

이미 죽었을 가능성이 많은 1만 6천 계단 위 문제의 인간을 만나러 도전을 시작한 것이다.

"킥킥…… 다른 무공은 절대 사용하지 않는다. 정상적으로 걸어서만 오를 것이다."

영미는 아직은 숨을 고르게 쉬고 있었다.

비록 땀을 흘리지만, 아직은 몸풀기 정도라 생각했다.

영미는 쉬지 않고 같은 시간대로 계단 하나하나를 밟고 올라가고 있었다.

"뭐? 제3 우주 비행장에 감찰어사가 타고 온 우주선이 그대로 있다고? 요것들 봐라. 나하고 숨바꼭질하겠다 이거지! 모든 요정들을 중궁 앞에 집합시켜라!"

체슈틴이 재미있다는 표정으로 앞에 부복해있는 소녀들에게 명령을 내렸다.

"네!"

소녀들은 일제히 대답하고 사라졌다.

"요것들이 설마 1만 6천 계단에 도전하는 것은 아닐 테지! 나도 그곳을 오르긴 힘든데 제까짓 것들이 거기 오르려는 것은 아닐 것이야. 틀림없이 어딘가 꽁꽁 숨어서 뭔가 일을 꾸미고 있을 것이야! 헤리쮸도 내가 어떻게 하려는 것인지 이미 알 것이니깐."

체슈틴이 사악한 미소를 지었다.

"벌써 3시간이나 지났는데."

자하경은이 안절부절 애를 태우고 있었다.

"3시간이면 1만 계단은 올랐을 것입니다."

혜리쮸가 팔목에 찬 시계를 들여다보며 초조한 표정을 지었다.

"그럼 2시간이 지나면 올라갈 시간이 되겠네요?"

자하경은이 같은 질문을 벌써 몇 번을 했는지 모른다.

그럴 때마다,

혜리쮸는 항상 같은 대답을 했다.

"아마도요."

그렇게 말이다.

"여긴 체슈틴이 찾지 못하는 곳인가요?"

자하경은이 문득 생각난 듯 물었다.

"아마도. 5,000여 명 전 요정들을 동원해서 수색할 겁니다. 이곳이라 해도 10시간 이상 버티기 힘들 겁니다."

혜리쮸가 대답했다.

혜리쮸 표정은 담담했다.

"10시간이면 이모가 내려와야 하는 시간이죠?"

자하경은이 다시 물었다.

"모르죠. 다행히 1만 6천 계단을 다 올라도 체력이 바닥났을 테니 쉴 시간도 필요하고 위에 계신 분이 살아 계신다면, 만나서 이야기를 할 시간도 필요하고 돌아가셨다면, 허탕일 테니 바로 내려올 겁니다."

헤리쮸가 자세히 설명했다.

"그런데, 그 위에 계신 분이 누군데 그렇게 사람이 오르기도 힘든 곳에서 계신 거죠?"

자하경은이 수없이 같은 질문을 했지만 헤리쮸는 그냥 웃기만 할 뿐 대답을 회피하고 있었다.

이번에도 역시 헤리쮸는 웃기만 했다.

자하경은이 그럴 줄 알았다는 듯 입만 삐쭉 내밀고 말았다.

요정궁 가운데 있는 중궁.

약 1만여 평의 광장이 회색 금속으로 포장이 되어있었다.

회색 광장에는 약 5,000여 명의 요정 소녀들이 질서 있게 서 있었다.

체슈틴이 그들 요정 소녀들 앞에 놓인 단상 위에 나타났다.

"공주님을 뵈옵니다!"

요정 소녀들은 일제히 부복하며 외쳤다.

"지금부터 헤리쮸와 천국성 감찰어사의 행방을 찾아라! 강제 동행권을 발동한다! 찾는 즉시 강제로 데려오도록! 강제 동행권을 발동하면 황궁이라도 수색이 가능하니 철저히 수색하라!"

체슈틴이 큰 소리로 외쳤다.

"존명!"

요정 소녀들이 일제히 대답했다.

요정 소녀들은 질서 있게 줄줄이 사라졌다.

영미는 거친 숨소리를 내며 계단을 오르고 있었다.

거의 쓰러질 듯 비틀비틀하면서도 같은 속도로 계단을 오르고 있었다.

"헉헉…… 이제 한계가 됐군! 결국 무모한 도전이었나! 헉헉…… 아직 2천 계단은 남은 것 같은데."

영미의 얼굴에선 늘 생글생글 웃던 모습은 보이지 않았다.

"헉헉……."

영미의 거친 숨소리만 계속 들리고.

비틀비틀 쓰러질 것 같은 영미가 계단을 같은 속도를 유지하며 올라가고 있었다. 속도가 느려짐에 따라 영미가 지난 계단에서는 날카로운 창살이 위로 솟구치고 있었다. 영미는 간발의 차이로 그 창날을 피하고 있었다.

2033년 지구 이야기

신나는 우주여행.

수민이 일행은 난생처음 우주선에 탑승했다. 서해의 작은 무인도에 서였다.

우주선에는 수민이도, 하나도 예상치 못했던 사람이 타고 있었다.

"어찌 이분이?"

수민이가 의아해하며 독군에게 물었다.

"태상문주님께서 천국성으로 모셔가라고 하셨습니다."

독군이 입가에 미소를 지으며 말했다.

"스승님께서요? 한국 정보부에 넘겨드렸는데 어찌?"

수민이가 의문을 가지고 다시 물었다. 우주선에는 수민이를 태어나게 한 괴물박사가 타고 있었다. 생기를 잃던 모습은 어디로 가고 얼굴색이 좋아 보였다. 수민이 물음에 괴물박사가 살짝 수민이를 쳐다보며 미소를 지었다.

"태상문주님이 아무도 모르게 모셔 오셨다고 합니다. 아마도 한국 정보부에선 지금쯤 찾느라고 야단이겠죠."

독군이 대답했다.

"스승님께서 알아서 하시겠지만 이분을 왜 천국성에 모시고 가는지 모르겠네요. 설마 그곳에서 정자와 난자를 길러 인간을 태어나게 해 보려고요?"

수민이가 다시 괴물박사를 보며 물었다.

"얼굴도 못 뵈었는데 투명인간으로 오셔서 지구에서 아주 멀리 떨어진 별나라로 가서 살고 싶지 않으시냐고 묻기에 좋다고 대답했지. 그러자 조건을 제시하셨어. 인간이 아닌 동물과 식물 등도 그렇게 인간에게 필요한 재료를 얻을 수 있는 방향으로 연구를 해보라고. 그래서 그렇게 하겠다고 약속했어. 이미 천국성에는 나무에서 인간의 피를 얻고 식물에서 고기를 얻는 연구가 성공했다고. 그래서 나도 호기심이 생겼어. 가장 완벽한 인간보다 가장 완벽한 동물과 식물을 길러보겠다고 약속했지. 이미 10여 년 전에 연구를 하다가 일본으로 납치돼서 인간 병기를 만들고 있었는데, 내 연구가 보잘것없는 것이란 걸 알았어. 수민이 너를 태어나게 했을 땐 내가 위대하고 자랑스러웠는데 너의 스승님이라는 그분을 비록 모습은 뵙지 못했어도 내가 만들 수 있는 인간이 아닌 신이라는 걸 알았어. 해서 그분의 제자가 나도 되려고."

괴물박사가 쓸쓸한 미소로 말했다.

"잘 생각하셨습니다."

수민이가 고개를 숙여 인사를 하며 말했다. 어찌 되었든 수민이를 태어나게 도움을 주신 분이었기에 수민이로서는 고마움을 표시한 것이다.

"와! 무서운 속도다. 10초도 안 됐는데 시야에서 지구가 사라졌다."

국영이 놀라 외쳤다. 우주선이 이륙한 지 10초도 안 됐는데 이미 지구는 보이지 않았던 것이다. 그만큼 속도가 빨랐다.

"지구뿐이야. 태양도 이미 안 보이잖아."

수민이가 말했다.

찰칵찰칵.

선리는 열심히 사진을 찍고 있었다.

"선리님은 우리처럼 무술에 능한 것도 아닌데 오로지 저희 음식을 책임지려고 함께 하시는 것인가요?"

하나가 그동안 훈련 때문에 궁금한 것을 묻지도 못했던 것을 지금에야 물었다. 허나 선리는 하나 말을 듣지 못한 듯 열심히 사진만 찍고 있었다.

"선리씨!"

지수가 그런 선리를 불렀다. 선리는 깜짝 놀라며 지수를 바라보았다.

"방금 하나가 선리님은 무술은 배우지 않고 우리 음식만 책임지려고 스승님 제자가 됐느냐고 묻던데요."

지수가 얼른 하나의 물음을 전했다.

"아! 스승님께서 제겐 음식을 가르쳐주신다고 했습니다."

선리가 생글생글 웃으며 말했다.

"어쩜. 웃는 모습까지 스승님을 닮았는지."

수민이가 미소를 지으며 말했다.

"하하…… 저희 감찰어사님께서 선리님은 지구에서 장사를 하고 싶은 소원이 있다고 하셔서 그 소원을 들어 드리려고 요리를 가르쳐주신답니다. 지금 천국성으로 가시는 것도. 요리 재료를 찾고 그 재료를 지구에서 기를 수 있는 방법을 스스로 찾으시라고 해서 가시는 것입니다. 그리고 선리님에겐 특별한 임무가 비밀리에 주어진 것으로 압니다."

독군이 말했다.

"특별한 임무라니요?"

지수가 선리와 독군을 번갈아 보며 물었다.

"죄송해요. 아직 말씀드리긴 좀……."

선리가 얼른 말했다.

"아! 괜찮아요. 굳이 말씀 안 하셔도 됩니다. 스승님 생각이 있으실 텐데."

하나가 얼른 말했다.

"햐! 저건 무슨 별이죠?"

선리가 멀리 보이는 큰 별을 보고 물었다.

"별은 크지만, 아직 생명체가 없는 미지의 별입니다. 공기와 습도, 물도 있는 것으로 압니다만 아직 식물과 곤충 외엔 별다른 생명체는 없는 것으로 알려진 별로 이름은 온성이라 부릅니다."

독군이 설명했다.

"특이한 이름이네요?"

수민이가 얼른 물었다.

"다른 생명체가 없는 별들은 춥고 얼음으로 대부분 이루어졌거나 불로 이루어진 별이 대부분인데, 저 별은 따스하다고 해서 온성이라 부릅니다."

독군이 말했다.

"한번 가보고 싶네요."

지수가 말했다.

"안 됩니다. 저 별엔 착륙을 못 합니다. 저 별을 감싸고 있는 공기층이 너무 뜨거워서 우주선이 들어갈 수가 없습니다. 어찌 보면 저 뜨거운 공기층 때문에 온성이 따스함을 유지하는지도 모릅니다."

독군이 말했다.

"엥? 겨우 뜨거운 공기층을 우주선이 뚫지 못한단 말이에요? 이 속도면 1초도 안 걸릴 것을?"

수민이가 의아함을 갖고 말했다.

"본 우주선은 차가운 우주 공간의 에너지를 스스로 흡수해서 움직이도록 만들어졌습니다. 저 별에 착륙하면 공기층이 우주선의 에너지 공급을 차단하고 특히 자력이 강해 우주선 에너지가 금방 소실되기 때문에 움직일 수 없게 됩니다. 하하……."

독군이 설명하며 웃었다.

"하긴 모든 기구가 약점은 하나씩 있지."

하나가 알겠다는 투로 말했다.

"하! 떠들다보니 그 온성도 이젠 보이지 않네. 참 빠르다."

선리가 놀랍다는 표정으로 말했다.

"현재 이 우주선은 빛의 1.5배 속도로 날고 있습니다. 우리 독문의 약초 수집용 우주선입니다. 천국성까지 일주일이 걸립니다."

독군이 말했다.

"놀랍네요. 빛의 1.5배 속도인데 일주일이나 걸리는 거리라니. 그럼 우린 그동안 뭐 하죠?"

지수가 독군에게 물었다.

"잠시 후 인황성이라는 별에 도착해서 잠시 쉬었다 갈 겁니다. 그곳에 수집해 놓은 약초를 싣고 갈 생각입니다. 여러분들은 그곳에서 잠시 휴식을 즐기실 수 있습니다만, 주의하실 것이 있습니다. 욕심을 부리지 마십시오. 하하…… 욕심은 하찮은 것입니다."

독군이 웃으며 말했다.

"욕심이라니요?"

수민이가 얼른 물었다.

"호호…… 그건 내가 설명할게."

하나가 웃으며 말했다.

"인황성은 인간들은 없는 동물과 곤충들만 서식하는 별이야. 그렇다고 동물이나 곤충이 많은 것도 아니야. 식물도 별로 없고. 가장 많은 것이 바위와 돌인데 그 돌이 전부 지구에서는 황금이라 부르는 것이지. 호호……."

하나가 말했다.

"뭐? 전부 황금?"

수민이와 국영이 동시에 물었다.

"큭…… 이런 돈벌레들."

지수가 웃으며 농담을 했다.

"뭘 그렇게 황금 가지고 놀랍니까? 천국성엔 발길에 차이는 돌멩이가 전부 다이아몬드인데. 하하……."

독군이 웃으며 말했다.

"헉! 다이아몬드."

국영이 다시 놀라 소리쳤다.

"큭큭…… 돈벌레."

수민이가 손가락으로 국영을 가리키며 웃었다.

"인황성 황금 바위 틈새로 간혹 자라는 식물들이 희귀한 약초들입니다. 아! 그곳에서 두 분이 탑승을 할 겁니다. 감찰어사님 언니분과 형부입니다."

독군이 입가에 미소를 띠며 말했다.

이야기를 하는 사이 우주선은 어느 별에 스스로 착륙을 하고 있었다.

"우아!"

밖으로 내다본 국영과 수민이 입에서 탄성이 터졌다.

반짝반짝.

모든 산과 들에 흩어진 돌들이 황금색으로 반짝이고 있었다. 우주선 문이 열리고 기다렸다는 듯이 수민이 일행은 밖으로 달려 나갔다.

"킁킁. 이 맛있는 냄새는 무엇일까?"

선리는 코를 벌름거리며 냄새를 따라 시선을 향했다. 황금 돌로 담장을 만든 돌집에서 냄새가 흘러나오고 있었다. 선리는 자기도 모르게 그곳으로 발걸음을 옮기고 있었다. 국영과 수민이는 황금 바위를 찾아 만져보고 사진도 찍고 호들갑을 떨고 있었다. 하나만 멍하니 서서 회상을 하는 모습이었다.

"햐! 동생과 닮은 아이가 있다니. 네 이름이 무엇인고?"

백발의 노파가 선리를 요리조리 흩어보며 물었다. 사녀였다.

"저, 저는 선리라고 합니다."

선리가 얼른 공손히 대답했다.

"선리? 성은?"

인재들의 집단, 청유회

사녀가 다시 물었다.

"정가입니다."

선리가 얼른 대답했다.

"키키키…… 정선리. 좋아, 너는 오늘부터 영미의 동생이 된다. 이 사녀의 막내 동생이지."

사녀가 징그럽게 웃으며 말했다. 웃음과 달리 자상한 말이다.

"네? 스승님을 언니라 부르라고요?"

선리가 놀라는 표정으로 급히 물었다.

"암! 그렇지. 오늘부터 언니라 하렴. 그 녀석 피붙이가 없어서 외롭거든. 피붙이가 많을수록 좋지."

사녀가 진지한 표정으로 말했다. 선리는 고개를 끄덕이고 말았다.

"어라! 그럼 이 아이도 내 처제라고?"

백발의 노인이 돌집에서 나오며 말했다. 자하도인 마인이다.

"안녕하세요? 형부."

선리는 얼른 인사를 했다.

"하하…… 형부라. 그럼 우리 딸 경은이에겐 이모가 또 한 명 생긴 것인가."

마인이 웃으며 말했다.

"안녕하세요?"

독군이 들어오며 사녀와 마인에게 인사를 했다.

"오! 제날짜에 왔군! 얼른 약초를 싣고 고향에 가야지."

마인이 말을 마치고 마치 어린아이처럼 들뜬 표정으로 돌집으로 들어가 약초 자루를 양손에 들고나왔다. 선리도 얼른 들어가 약초 자루를 하나 들고나왔다. 독군과 사녀도 약초 자루를 들고 우주선으로 나르기 시작했다.

"이놈들! 얼른 약초 자루 나르지 않고 뭘 해?"

마인이 황금 바위에 정신을 팔고 있는 수민이와 국영이를 보고 호통을 쳤다.

이상하게도 하나 모습은 보이지 않았다.

수민이와 국영이는 마인의 호통에 정신을 차리고 공손히 마인과 사녀에게 인사를 한 뒤 약초 자루를 나르기 시작했다. 모두 두 자루씩 나르자 약초 자루는 다 옮겼다.

"흠! 자네는 이리 와 보게."

마인이 고개를 갸웃거리며 수민이를 불렀다. 수민이는 얼른 마인에게 다가갔다. 마인은 수민이를 유심히 살피더니 고개를 끄덕였다.

"무슨 사연이 있기에 남자가 여장을 했나?"

마인은 나름대로 작은 소리로 물었지만 워낙 목청이 큰 마인이기에 모두 듣고 말았다. 수민이는 잠시 난감한 표정을 짓더니 결심을 한 듯 마인을 보며 입을 열었다.

"탐정이란 것이 늘 목숨을 노리는 자들이 많아서 여장을 했답니다. 어려서부터 그렇게 자라서 동생조차 모른답니다. 아무튼 어르신께선 안목이 높으십니다. 단번에 알아보시고요"

수민이가 입가에 미소를 띠며 말했다.

"뭐? 수민이 네가 남자라고?"

누구보다 놀란 사람은 국영이다. 하나 역시 놀라는 표정으로 수민이를 보고 있는데 선리만은 이미 알고 있었다는 표정이었다.

"안목은 무슨. 영미 동생이 이야기해서 알고 있었단다."

사녀가 웃으며 말했다.

"이런. 당신은 좀……."

마인이 사녀에게 원망스러운 표정을 짓고 말을 하다가 말았다.

"네, 사부님께선 처음부터 제가 남자고 탐정이란 것을 알고 계셨습니다."

수민이가 당연하다는 표정으로 말했다.

"이런 국영씨 어떻게 그 짝사랑도 이젠 접으셔야 할 듯."

하나가 농담처럼 말했다.

"이미 수민이가 어사님을 보는 눈이 예사롭지 않아서 무슨 여자가 여자를 좋아하나 하고 의아했었는데, 이제 그 수수께끼가 풀렸네요."

국영이 말했다.

"뭐라고? 자네가 우리 처제를 좋아한다고? 사실이야?"

마인이 수민이에게 물었다. 수민이는 그냥 고개만 숙이고 고개를 작게 끄덕였다. 마인은 입가에 미소를 지으며 수민이 어깨를 손이로 감싸주었다.

"동생. 이제 들어가 밥 먹자. 배고프지? 다들 들어와 시간 없어. 밥 먹고 출발해야지. 수민이가 동생을 사랑하는데 동생 생각은 어떤지 모르겠네."

사녀가 수민이를 힐끗 보고 선리 어깨를 감싸며 다정하게 돌집 안으로 들어가자 국영이와 수민이가 의아한 표정으로 서로 마주 보며 고개를 갸웃했다.

"햐! 그 맛있는 냄새가 김밥이라니."

선리가 놀랍다는 반응이다. 돌집 안에는 달랑 김밥만 놓여 있었다.

"이 인황성엔 바다가 대부분인데 바닷가엔 지천으로 김이 자라고 있더라고. 우리가 말려서 만들었지. 여기서 오래 지체할 수 없으니 우주선에서 두고두고 먹으려고."

사녀가 말했다.

"한 번 먹어봐도 돼요? 언니……?"

선리가 사녀 눈치를 보며 물었다.

"얼른 먹어봐."

사녀가 당연하다는 투로 말했다. 선리는 조심스럽게 김밥 하나를 들어 입에 넣었다. 천천히 음미하며 먹던 선리 두 눈이 점점 커졌다.

"햐! 어떻게 김밥에서 이런 맛이. 기가 막히네요."

선리가 감탄하자 수민이와 국영이가 번갈아 하나씩 김밥을 먹어본다.

"우아! 기막힌 맛입니다."

국영이 엄지손가락을 치켜들며 말했다.

"세상에 어찌 김밥이 이런 맛이."

수민이도 놀라는 표정으로 김밥 하나를 다시 들어 입으로 넣었다.

"많이들 먹으렴."

사녀가 미소를 띠며 말했다.

"언니 어떻게 이런 맛을 냈어요?"

선리가 다시 김밥을 먹으며 사녀에게 물었다.

"험! 험! 내 실력이지."

사녀가 헛기침을 하며 말했다.

"크크…… 그게 다 영미 처제가 알려준 비법이다."

마인이 웃으며 말했다. 사녀가 마인을 보며 입을 삐쭉거렸다.

"스승님이요? 아차! 언니가요?"

선리가 자기도 모르게 되물었다.

"그래, 처제도 나중에 영미 처제에게 배워."

마인이 고개를 끄덕이며 말했다.

"얼른 김밥 드시고, 볼일들 보시고 다시 출발합시다."

독군이 재촉을 하고 있었다. 서둘러 김밥을 먹고, 흐르는 물에 세수도 하고, 화장실도 다녀오고 우주선에 모두 탑승을 할 때, 하나가 나타났다.

"어디 갔다가 왔어?"

수민이가 물었다.

"응. 해의연을 탈출해서 잠시 숨어있던 곳이 근처라 한 번 다녀왔어. 지난 일이 새록새록 떠오르네. 그땐 참 캄캄하고 죽고 싶었는데. 스승님을 만날 줄 알았으면 더 용기를 낼걸. 호호……"

하나가 웃었다. 하나 눈가엔 반짝 이슬이 맺혔다. 그런 하나를 수민이가 두 손으로 어깨를 감싸 안아주었다. 하나는 눈에 눈물을 흘리면서도 활짝 웃었다. 그런 하나 모습을 모두 측은한 눈으로 바라보았다.

"이제 하나 네가 그 밀용성에 해의연 나라를 다시 세워야지. 난 너를 믿어."

수민이가 말했다. 모두 고개를 끄덕이며 하나를 봤다 하나는 활짝 웃었다.

영미의 지난 이야기

자하경은이 왔다 갔다 하면서 손목시계를 들여다보고 있었다.

"아직 30분 정도 남았습니다. 다 오르려면."

헤리쮸가 자하경은을 바라보며 말했다.

"알고 있어요!"

자하경은이 짜증 섞인 말투로 말했다.

"휴……."

헤리쮸가 한숨을 쉬었다.

"짜증 내서 미안해요!"

자하경은이 헤리쮸에게 미안한 마음이 들어서 얼른 사과했다.

"아닙니다! 이해합니다."

헤리쮸가 얼른 말했다.

"이모가 해낼 거예요! 전 이모를 믿어요!"

자하경은이 자신한테 주문을 걸듯 같은 말을 몇 번 되풀이 했다.

그런 자하경은을 바라보는 헤리쮸.

두 눈에 눈물이 글썽거렸다.

"해낼 거예요! 이모는 강하거든요!"

자하경은이 헤리쮸의 눈물을 보고 도리질 치듯 다시 큰 소리로 말했다.

"미안합니다! 천국성 사람들보다 10배는 강한 선천적인 체질의 우리들도 아직 그곳을 오른 사람은 없답니다!"

헤리쮸는 자하경은을 바라보며 속으로 그렇게 말하고 있었다.

영미는 이젠 다리가 풀려서 걸을 수가 없었다.

비틀비틀하다가 푹 쓰러졌다.

"킥킥…… 반드시 다리로 오르란 법은 없지."

쓰러지던 영미는 물구나무서기를 하며 팔로 오르기 시작했다.

"다리가 한계가 왔으니 이제부터 팔을 이용해야지. 킥킥…… 이런 방법은 몰랐을걸."

영미가 물구나무서기로 오르면서 생글생글 웃었다.

"이제 1천 계단 남았다. 같은 시간대로 오르면 17분 정도 걸리겠군! 1초에 한 계단씩 올랐으니."

영미는 쉬지 않고 오르고 있었다.

영미는 물구나무서기로 1천 계단을 올랐다.

정상.

뾰족한 건물 맨 위층이었다.

그런데,

없었다.

누군가 있다던 사람이

아무도 없었다.

아니 있던 흔적도 없었다.

있는 것은 단지 붉은색 나무 한 그루뿐이었다.

거울과 야명주로 햇볕을 비춰주며 건축물에서 빗물을 받아 그 물을 한 방울씩 화분에 떨어뜨려 과일나무에 물을 주고 있었다.

과일나무엔 투명해 보이는 과일이 단 한 개 달려있었다.

물기가 있어서 그런가.

무지개색이 영롱하게 과일을 덮고 있었다.

"킥킥······ 목도 마르고 허기지고······ 과일이라도 따서 먹으라는 것인가."

영미는 창문을 열고 화분에 심어져 자라고 있는 과일나무의 무지개 색이 나는 과일을 따서 입으로 가져갔다.

"허······!"

영미는 과일을 한입 베어 물다가 기막히다는 표정을 지었다.

과일이 사르르 녹아서 입으로 순식간에 들어가 버린 것이다.

온몸이 상쾌한 것이 금방이라도 날아갈 것 같았다.

"이게······! 무슨 과일이지? 혹시 백타성의 그 전설의 과일. 구신이라는 전설의······."

영미가 비로소 놀랍다는 표정을 지었다.

"맞다! 그 구신이라는 전설의 과일이다!"

영미는 얼른 앉아서 운기를 시작했다.

영미의 몸엔 무지개 영롱한 빛이 안개처럼 온몸을 감싸며 피어오르기 시작했다.

무지개, 아니 안개 고리가 하나둘.

생기며 마치 영미를 돌돌 말듯 자꾸 생겨났다.

무지개처럼 영롱한 고리는 모두 12개가 되었다.

영미의 몸은 무지개 안개 고리 속에 가려서 보이지 않았다.

"벌써 이모가 그 계단을 올라간 지 7시간이나 지났어요! 으으······."

자하경은이 차츰 얼굴이 사색이 되고 있었다.

쿵쿵.

헤리쮸와 같이 숨어있던 밀실 밖에선 문을 파괴하는 소리가 들리고 있었다.

혜리쮸 역시 체념한 표정이었다.

콰광.

요란한 폭음과 동시에 밀실 문이 산산조각이 나서 부서져 날아갔다.

"여기에 숨어 있었나요? 감찰어사는 어디 가고?"

체슈틴이 부서진 문으로 날아 들어오며 사악하게 웃었다.

"죽엇!"

자하경은이 자신의 최대 무기인 무신 심주덕의 추성풍에 사독을 곁들여 체슈틴을 공격했다.

밀실 안은 순식간에 비릿한 독향이 가득했다.

"챳!"

자하경은의 뜻밖의 공격에 잠시 놀란 표정을 짓던 체슈틴이 자하경은을 공격했다.

"크윽!"

자하경은이 피를 토하며 쓰러졌다.

바닥에 쓰러진 자하경은은 이미 정신을 잃고 말았다.

"태자님은 강제 동행권을 이용해서 요정궁으로 모시고 저 계집은 지옥애로 던져 버려라!"

체슈틴이 요정 소녀들에게 명령을 내렸다.

요정 소녀들은 자하경은을 등에 메고 혜리쮸를 데리고 사라졌다.

"흠. 요것 봐라! 감찰어사 그 계집애가 안 보이네!"

체슈틴이 밀실 구석구석을 살피더니 이내 사라져 버렸다.

영미를 감싸고 있던 무지개색 안개 고리들이 어느 순간 팍 하고 사라졌다.

영미의 몸은 평소보다 조금 더 커 보이고 몸은 날씬해져 있었다.

"킥킥…… 역시 구신이라는 전설의 과일이었어. 천년 체력이 느는 것 같아."

영미가 몸을 일으키며 생글생글 웃었다.

"잉! 저건!"

일어서서 과일나무를 무심코 바라보던 영미가 깜짝 놀랐다.

과일나무가 시들시들 말라 죽은 것이다.

영미는 창문을 닫고 방안을 세밀히 살피기 시작했다.

"뭔가 이상한 것이 있나 찾아봐야지. 이 과일나무만 있을 리 없다!"

영미가 방안을 세밀히 살피며 과거 자암옥에서 죽은 사부들이 자신의 절기와 물품을 숨기던 방식을 하나씩 하나씩 떠올렸다.

요정들은 자하경은을 들고 지옥애 앞에 섰다.

"제발 그를 살려주시오! 그는 천국성 사절단이오. 그를 죽이면 그 별과 우리별이 전쟁을 치르게 되오!"

헤리쮸가 체슈틴에게 사정했다.

"나한테 먼저 공격을 해서 정당한 방어를 한 것이요. 뭐가 잘못이죠?"

체슈틴이 사악한 미소를 지었다.

"아무리 그렇다 해도 그를 죽일 권리는 우리에게 없소. 어서 그를 풀어 주시오."

헤리쮸가 다시 체슈틴에게 말했다.

"그럴 수는 없어요!"

체슈틴은 사악하게 미소를 지으며 요정 소녀들에게 자하경은을 지옥애에 던지라는 신호를 했다.

요정 소녀들은 자하경은을 지옥애로 던져 버렸다.

"으아……! 뭣 하는 것이냐? 너희들이 백성들에게 추앙받는 요정들이 맞느냐? 천벌을 받으리라!"

헤리쮸가 비통해하며 외쳤다.

두 눈에 눈물이 주르르 흘렀다.

"태자님! 감찰어사 그 계집은 어디에 있나요?"

체슈틴이 사악한 미소를 지으며 헤리쮸의 턱을 손아귀로 아프게 움켜쥐며 물었다.

헤리쮸가 고통스러워 얼굴을 찡그렸다.

"태자님을 고문실로 데려가라! 감찰어사 행방을 실토하게 만들어야겠다."

체슈틴이 헤리쮸를 집어던지듯 요정 소녀들에게 넘기며 명령을 내렸다.

요정 소녀들은 얼른 헤리쮸를 데리고 어디론가 사라졌다.

"호호호…… 감찰어사 그 계집애가 어디에 숨었는지 실토하게 만들고 다음에 뇌를 개조해 주겠다. 호호호…… 나의 영원한 애완용으로."

체슈틴이 사악하게 웃었다.

"여기다!"

영미가 회심의 미소를 지으며 벽면을 강하게 손바닥으로 쳤다.

쿵.

벽면이 넘어가며 다른 공간이 나타났다.

"헉……! 유골이다!"

대략 10여 평은 되는 공간에 유골들이 가득 쌓여있었다.

"무슨 유골들이 이렇게 많지?"

영미가 의문을 품고 세밀히 살피기 시작했다.

"흠!"

영미가 뭔가 발견하고 유골 하나를 옆으로 밀었다.

작은 돌로 된 비석이었다.

비석에는 이렇게 쓰여 있었다.

1만 6천 계단을 같은 속도로 오르지 못한 안타까운 혼백들을 위로한다.

안타까운 혼백들은 언젠가 이곳에 올라 구신 기연을 얻은 자를 위해 그들의 소지품을 바친다.

기연을 얻은 자여.

그대는 사양하지 말고 유골들과 함께 있는 그들의 소지품(무기와 무술 비급)을 한 번쯤은 읽어주길 바란다.

그대는 다 읽고 그들의 무술 책은 태우고 그들의 무기는 그대가 갖길 바란다.

그 후 나를 만날 수 있을 것이다.

"흠. 이곳에 오르다가 실패를 한 사람들이 죽어 이곳으로 모인 것이군! 어디 살펴볼까."

영미는 유골들을 하나하나 살피기 시작하였다.

유골은 많은데 무기나 무술 비급은 몇 개 안 됐다.

무기는 모두 3개뿐이었다.

다저링- 손가락에 끼는 반지였다. 적색을 띠는 반지인데 사용법이 자세히 적혀 있었다.

봉야접- 벌처럼 생긴 나비였다. 밤엔 보이지 않았다. 낮엔 투명하게 변했다.

공요취- 머리에 꽂는 핀이었다. 그러나 광선을 발사하는 총과 같은 무기였다.

무술 비급은 이러했다.

일적- 한 명의 적을 공격하는 무서운 무술. 반드시 공격하면 성공을 한다.

척파- 어떠한 강철도 부순다. 파괴를 위한 무술.

탄휘- 빛과 같은 찬란한 광채가 적에게 쏘아진다. 적은 반드시 죽는다.

토수일섬- 흙 속을 물처럼 자유롭게 다닌다. 흙을 적에게 물처럼 날린다.

영미는 3개의 무기와 4개의 무술을 얻었다.

무술 책을 태워주고 유골들을 나란히 뉘고 예를 표했다.

스르릉……

벽면 하나가 자동으로 열렸다.

"드디어 나타나셨군!"

영미가 열린 공간에서 의자에 조용히 앉아있는 사람을 바라보며 그렇게 생각했다.

영미는 그 사람을 향해 걸어갔다.

"헉……! 이미 죽은 시체다."

영미는 그 사람이 이미 죽은 시체란 것을 알았다.

시체 앞에는 얇은 책자가 두 권 놓여 있었다.

그 옆으로 철로 된 상자가 하나 놓여 있었는데

크기가 사방 1자씩은 됨직했다.

영미는 절을 두 번 올리고 책자를 집어 들었다.

첫 번째 책자엔 이렇게 쓰여 있었다.

요정국 제11대 국왕 바리홍이 남긴다.

책장을 넘기자 첫 장에 이렇게 쓰여 있었다.

축하한다.

그대는 1만 6천 계단을 발과 팔을 이용해서 올라왔을 것이며 타 별에서 왔을 것이다.

모든 인간들의 한계 체력이 1만 5천 계단이다.

미련한 인간들은 발로만 오르려 했기에 죽음을 면치 못했다.

그대는 영리하게 손으로 거꾸로 서서 올랐을 것이다.

인재들의 집단, 청유회

두 번째 장부터는 요정국 역사가 기록되어 있었다.

요정국을 세워 빽탐쮸(백타성)의 무병장수를 이루려던 우리들
은 뜻하지 않는 역사의 흐름 앞에 당황하지 않을 수 없었다.

보뇌환.

바로 그 문제의 약 때문이다.

심효주.

천국성에서 몰래 들어 온 그녀가 요정국에서 그 약을 제조하고
그 약을 제조하는 방법을 모든 요정들에게 공개하여 문제가 발생
했다.

특히 그녀가 요정들은 물론 일부 사람들을 인조인간으로 개조
하는 악행을 저지르기 시작해서 내가 그를 죽여 지옥애로 던져
버렸다.

그러나 나 역시 그녀에게 치명적인 상처를 입어 적어도 10년 이
상 요양이 필요했다.

역사상 가장 강한 체력을 갖고 태어났다는 내가 치명적인 상처
를 입은 상황에서.

나는 다른 적을 만나게 됐다.

체슈틴.

이제 겨우 2살이었지만,

심효주 그녀가 심혈을 기울여 태어나게 만든 인조인간이었다.

나는 1만 6천 계단을 만들어 그 체슈틴의 만행을 막으려고 이

곳에 은거했다.

다행히 구신이라는 전설의 과일나무를 발견하고 함께 키우기 시작했다.

나는 안다.

내가 죽고 난 후 다른 별에서 온 그대가 기연을 얻을 것이란 사실을.

그대에게 부탁한다.

체슈틴 그녀를 죽이지 말아다오.

그녀에게 이 상자 안에 약을 먹이면 그녀는 착한 마음으로 변할 것이니 꼭 그렇게 만들어 요정국을 새롭게 이끌게 도와주길 바란다.

그럼, 그대의 무운을 빌며 나의 무학을 남긴다.

다음 책에는 그의 무술이 수록되어 있었다.

딱 두 가지 무술이 수록되어 있었다.

방어와 공격.

철벽경.

모든 무기들을 나의 몸 1자 밖에서 차단한다.

천환.

하나의 둥근 고리가 무형을 이루어 적을 공격한다.

적이 하나든 둘이든 몇십 명이든

둥근 환은 무형으로 그들을 꽁꽁 묶는다.

바로 체슈틴을 사로잡아 약을 먹이라는 뜻에서 남긴 무술이다.

방어 역시 체슈틴의 공격을 방어하라는 의미에서 남긴 것이다.

"흠. 단조롭지만 엄청나게 강한 무술이다."

영미는 그렇게 느꼈다.

영미는 무술책과 요정궁 역사책을 손바닥에 힘을 주어 재로 만들고 철로 된 상자를 열어 보았다.

상자 안에는 호두알 만 한 알약이 달랑 한 개 있을 뿐이다.

"킥킥…… 상자만 크군!"

영미는 알약을 꺼내 주머니에 넣고 상자를 바닥에 내려놓았다.

"척파란 무공이 얼마나 강한지 상자를 부숴봐야겠군!"

영미가 손바닥을 펼쳐 상자를 향해 내려쳤다.

팍.

상자는 가루가 되어 흩어졌다.

그런데,

마치 성냥갑 정도 되는 조각이 떨어져 그대로 남아 있었다.

"엥!"

영미가 다시 그 조각을 향해 내려쳤다.

텅.

"으윽!"

영미는 손바닥이 찢어질 듯 아픔이 전해오면서 그 조각은 멀쩡하다는 것을 알았다.

"엄청 강한 금속으로 되어있다. 뭘까! 나중에 요걸로 무기라도 만들어야지!"

영미는 그 조각을 주머니에 집어넣었다.

"너무 시간을 지체했다. 경은이가 기다리겠군! 얼른 가야지."

영미는 서둘러 그 자리를 떠났다.

"으아악!"

헤리쮸는 온몸이 피투성이가 되어 있었다.

사악한 미소를 지으며 체슈틴이 계속 채찍을 휘두르고 있었다.

"감찰어사 그 계집애가 어디로 갔는지 말을 하면 될 걸 왜 고집을 부려서 고생하시나요?"

체슈틴이 휘두르던 채찍을 멈추고 헤리쮸를 바라보며 말했다.

"못된 악녀! 천벌을 받으리라!"

헤리쮸가 모진 고문을 받으면서 내뱉은 말은 고작 한가지였다.

저주의 말이었다.

"아직도 입은 살아서!"

체슈틴이 다시 채찍을 휘둘렀다.

헤리쮸의 비명이 이어졌다.

"태자님과 나하고 같이 온 자하경은을 어디로 데리고 갔지?"

영미가 요정 소녀를 붙들고 물었다.

"태자님은 지금 요정궁 고문실에서 고문을 받고 있고 같이 온 여자는 이미 죽여서 지옥애로 던져 버렸다!"

요정 소녀가 사실대로 말했다.

"뭐? 자하경은을 죽였다고? 이것들이."

영미의 분노가 폭발했다.

퍽.

요정 소녀는 온몸이 피범벅이 되어 쓰러져 버렸다.

"내 조카를 죽인 대가를 만 배로 갚아 주겠다!"

영미가 죽은 요정 소녀를 팽개치고 그대로 요정궁 쪽으로 날아갔다.

콰콰쾅.

요정궁이 한쪽부터 산산조각이 나서 날아가기 시작했다.

"뭐냐?"

요정궁 국왕이 놀라서 뛰쳐나오며 소리쳤다.

"천국성 감찰어사가 요정궁을 몰살하겠다고 마구 죽이고 있습니다. 벌써 일천 명은 죽었습니다!"

요정 소녀가 황급히 보고를 했다.

"천국성 감찰어사? 왜? 무엇 때문에?"

요정국왕이 다시 물었다.

"체슈틴 공주님이 감찰어사를 따라온 여인을 죽였습니다. 그 복수를 한다고 합니다."

요정 소녀가 얼른 보고를 했다.

"이, 이런……! 끝내 체슈틴이 문제를 일으킨 모양이군! 전 요정들을 집합시켜서 대항하라!"

요정국왕이 명을 하달했다.

콰쾅.

이미 요정궁은 반 이상이 산산조각이 나서 사라졌다.

"요정은……! 별 거지 같은 인간들. 너희가 감히 내 조카를 죽여? 만배로 죽여주마."

영미의 손이 이리저리 휘저을 때마다 요정 소녀들은 피를 뿌리며 쓰러졌다.

"멈추시오!"

보다 못한 요정 국왕이 앞으로 나섰다.

"넌 누구냐?"

영미가 금방이라도 공격할 자세로 물었다.

"난 요정국왕이요! 잠시 손을 멈추시오!"

요정국왕이 영미에게 변명이라도 하려는 모양이다.

"국왕? 시러배 잡것들 우두머리라고? 그럼 너부터 죽여야겠다!"

영미가 손을 펼치며 국왕을 공격했다.

요정 소녀들이 국왕을 보호하려고 앞을 막다가 온몸이 피투성이가 되어 날아갔다.

"머, 멈추시오!"

국왕은 다시 소리쳤다.

"개소리! 내 조카를 살려내든가 아니면 네놈들 1만 명을 죽일 것이다!"

영미가 다시 공격을 했다.

요정 소녀들이 10여 명이 피를 뿌리며 쓰러졌다.

"자, 잠깐 말을 좀 들으시오!"

국왕이 다시 소리쳤다.

"개소리 집어치워! 체슈틴부터 나오라 해! 그년부터 죽여야겠다! 내 조카를 살려내든가 아니면 네년들 1만 명을 죽이는 것은 막을 수 없을 것이다!"

영미는 말을 하면서도 공격을 멈추지 않았다.

순식간에 백여 명 요정들이 쓰러졌다.

벌써 2천여 명이 쓰러져 버렸다.

"얼른 가서 체슈틴을 불러와라! 어서!"

국왕이 요정들에게 황급히 소리쳤다.

자신의 눈앞에서 죽어가는 요정 소녀들을 보고 국왕은 제정신이 아니었다.

콰쾅.

크아아악.

요정궁이 이제 건물이 몇 개 남지 않았다.

요정들은 영미 손끝에 몇십 명씩 쓰러졌다.

"탄심!"

영미 등 뒤에서 갑자기 앙칼진 목소리가 들리며 영미를 공격했다.

체슈틴이다.

"철벽경!"

영미는 체슈틴임을 알고 바리홍의 방어 무술을 펼쳤다.

체슈틴의 무술은 영미 몸 1자 앞에서 막혔다.

"섬!"

우주에서 온 소녀의 21세기 암행어사 ❺

영미가 무황의 무공을 펼쳤다.

바리홍의 무공은 체슈틴을 사로잡는 것이기에 사용하지 않고 무황의 무공으로 체슈틴을 죽이려는 것이다.

"크윽!"

체슈틴이 비명을 지르며 뒤로 낙엽처럼 날아갔다.

"공주님을 보호하라!"

누군가 외침이 들리고 요정 소녀들이 순식간에 앞으로 밀려 나왔다.

"오냐! 아직 1만 명을 죽이려면 멀었다! 오너라!"

영미가 다시 손을 펼쳐 살인을 시작했다.

잠깐 사이에 1천여 명이 다시 쓰러졌다.

체슈틴은 멀리 뒤쪽에 서서 부하들만 희생시키고 있었다.

"킥킥…… 도망을 가진 못하게 해야지!"

영미가 체슈틴이 도망치려는 행동을 보이자 얼른 바리홍의 무기 천환을 사용했다.

둥근 무형의 기운이 체슈틴을 휘감아 꼼작 못하게 만들었다.

영미는 체슈틴이 놀라 입을 벌리는 사이 바리홍의 알약을 던져 입 속으로 들어가게 했다.

"킥킥…… 고인의 뜻을 저버릴 수는 없지 일단 처먹고 있어라! 그래야 나도 약속을 지킨 것이니깐! 잠시 후 죽여주마!"

영미가 다시 달려드는 요정 소녀들을 사정없이 때려눕히기 시작했다.

"모두 뒤로 물러나라!"

보다 못한 요정국왕이 요정 소녀들을 뒤로 물러나게 하고 자신이 앞으로 나섰다.

"용서하시오!"

요정국왕이 영미 앞에 털썩 무릎을 꿇었다.

"용서? 내 조카를 죽이고도 그냥 용서라? 그게 말이 되느냐? 아무런 이유도 없이 내 조카를 죽이고. 그냥 용서하라고? 너 같으면 그냥 용서하겠느냐?"

영미가 엄청난 분노로 그 착하던 성격은 어디론가 사라지고 악녀가 되어 있었다.

"모든 책임은 짐이 지겠으니 다른 요정들을 살려주시오! 짐이 그대 앞에서 죽겠소이다!"

요정국왕이 영미 앞에 무릎을 꿇고 엎드려서 눈물을 흘렸다.

"다 필요 없다! 내 조카 자하경은을 살려내라! 그렇지 않으면 요정국을 멸할 것이다!"

영미가 국왕을 발로 걷어차며 말했다.

국왕은 영미 발길질에 뒤로 나가떨어지며 입에서 피를 토했다.

2033년 지구 이야기

지구를 떠난 지 일주일째 되는 날.

수민이 일행을 태운 우주선은 조용한 우주공간을 날고 있었다. 수많은 별들이 지금은 좀처럼 보이지 않고 간혹 별들이 지나칠 뿐이었다.

"여러분은 잠시 후 천국성에 도착할 것입니다."

독군의 말이 떨어지기 무섭게 환호 소리가 터졌다. 하나 독군은 다시 말을 이었다.

"야호!"

"그러나 여러분은 비밀 공간에 우주선과 함께 들어갈 것입니다. 그곳에서 생활하며 천국성 사람들처럼 행동이 자유로울 때까지 다시 훈련을 할 겁니다."

"엥? 또 훈련을?"

독군의 말을 듣고 모두 실망한 표정들이다.

"여러분이 지구에서 왔다는 것을 심효주가 알면 죽음을 면치 못합니다. 그러니 당분간 비밀 공간에서 생활하면서 천국성 사람처럼 똑같이 행동할 수 있도록 아름다운 남자가 여러분을 가르칠 것입니다. 그러니 기대하셔도 됩니다. 아! 국영씨는 실망하시겠네요. 아름다운 여인이 아니라서. 흐흐……"

독군이 말을 마치고 국영을 보며 웃었다. 국영도 따라 웃었다.

"어찌 남자에게 아름답다는 표현을 쓰세요?"

지수가 독군에게 질문을 했지만 독군은 그냥 웃기만 했다. 우주선이 갑자기 어둠속에 잠겼다. 그리고 우주선은 멈췄다.

"이제 문으로 내리십시오."

독군이 말했다. 우주선에 불이 켜지며 문이 열렸다.

"언제 다시 출발하지?"

사녀가 독군에게 물었다.

"3일 후입니다."

독군이 간단히 대답했다.

"이번엔 심가와 우혜가 갈 예정이지?"

마인이 독군에게 물었다.

"네! 그렇습니다. 두 분은 푹 쉬시고 다음에 가시지요."

인재들의 집단, 청유회

독군이 대답하며 미소를 지었다. 심가란 심주덕, 우혜는 박우혜를 일컫는 말이었다. 모두 영미의 첫 스승들이었다.

"암! 모처럼 고향에 왔으니 푹 쉬어야지. 다음엔 저 하나를 데리고 밀용성에나 한번 갈까."

사녀가 밖으로 나가는 하나를 보며 말했다 하나는 얼른 고개를 돌려 사녀를 바라보았다. 사녀가 눈을 하나 끔뻑거린다. 하나가 고개를 살짝 숙이며 고맙다는 인사를 했다.

"그러지 않아도 감찰어사님께서 그런 언질을 주셨습니다."

독군이 입가에 미소를 띠며 말했다. 하나는 영미에 대한 한없는 고마움을 느끼며 우주선을 나갔다.

"모두 어서 오십시오."

청년이 수민이 일행을 맞이하고 있었다.

"아름답다. 그 표현이 맞다."

모두 공통된 느낌이었다.

"안녕하세요? 정말 아름다운 남성이십니다."

국영이 인사를 하며 말했다.

"저는 감찰어사님을 사모해서 지구로 따라간 자율선의 형 자율진입니다. 이곳 청유회 지부장을 맡고 있습니다."

자율진. 바로 자율선의 친형이다. 올해 20세. 그도 역시 영미에게 반해 나쁜 마음을 접고 청유회에 가입한 상인문의 새로운 문주이기도 했다.

"이곳 청국성의 원주민으로 이루어진 상인문이란 단체의 문주님이십니다."

독군이 자율진을 소개했다.

"혹시? 지구로 가셨다는 동생분도……?"

뭔가 물으려 하다가 얼굴을 붉히며 수민이 말을 다 못했다.

"하하…… 율선이는 저보다 더 미남자입니다. 천국성에서 아름다운 남자로 통하거든요."

자율진이 웃으며 수민이 질문을 간파하고 대답했다.

"헉! 정말 스승님을 사모하는 분들이 너무 많다."

수민이는 자신이 영미에게 다가갈 일을 생각하니 앞이 캄캄했다.

"지금부터 여러분은 이곳에서 토착민들과 같이 생활하는 방법을 배우게 될 겁니다. 그래야 밖으로 나가서 돌아다녀도 아무도 의심하지 않게 말입니다."

자율진이 말했다. 말을 마치고 어느 공간으로 모두를 안내했다. 교실처럼 꾸며진 공간이었다. 지구보다 400년 이상 앞선 문명의 교실엔 신기한 도구들이 많았다. 우선 컴퓨터 자체도 틀렸다. 자판기도, 마우스도 필요 없는 컴퓨터. 신기하게도 전기선도 없는 모습에 수민이 일행은 더욱 놀랐다.

"우선 간단하게 교육을 받고 식사하러 이동하겠습니다."

자율진이 말했다.

독군은 괴물박사를 데리고 이미 다른 곳으로 사라지고 없었다.

"다른 분들은 정말 무술이 높은 분들인데 선생님은?"

지수가 자율진을 살펴보며 물었다.

"아! 저는 무술을 배우지 않았습니다. 선천적으로 배울 수 없는 몸이고요."

자율진이 대답했다.

"문주님은 선천적으로 몸이 약해서 무술은 배우지 못하십니다. 대신 학식은 천국성의 톱입니다."

독군이 자율진에 대해 자세히 소개를 했다. 독군의 말을 듣고 모두 고개를 끄덕였다.

짝. 짝.

자율진이 손바닥을 쳤다. 한쪽 문이 열리며 소녀가 다이아몬드 쟁반에 식물을 담아 들고 들어왔다. 소녀는 그 쟁반을 탁자에 올려놓고 조용히 나갔다.

"이 식물은 '육란'이라고 합니다. 모두 한번 살펴보시지요."

자율진이 말했다. 수민이 일행은 식물을 살펴봤다. 그냥 잎이 두꺼운 식물로 별다른 것은 없어 보였다.

"이 육란은 식물이지만 고기입니다. 단백질 덩어리로 여러분이 아는 소고기와 돼지고기보다 더욱 맛있고 영양도 풍부합니다. 이런 공부를 하시는 것은 지구와 다른 이런 음식이나 식물을 모르면 밖으로 나가서 신기해하거나 사람들에게 묻게 되는데 그럼 여러분을 외계에서 왔다고 의심하게 되는 것입니다. 해서 미리 배우고 나가서야 하는 것입니다."

자율진이 말했다. 모두 동의한다는 듯 고개를 끄덕였다.

"저는 상인문 문주입니다. 상인문은 이곳 원주민으로 이루어진 단체로 사실 감찰어사님에겐 적이나 마찬가지입니다. 반역도 하다가 감찰어사님께 발각되어 전임 문주님은 파직당하셨고……. 어쩌다 보니 제가 맡게 되었습니다. 허나 저는 감찰어사님을 존경합니다. 물론 저희 상인문 모두 죽을 각오로 싸워도 감찰어사님 한 분을 이길 수도 없고요. 싸울 생각도 없습니다. 저는 이제 감찰어사님을 도와 천국성의 최대 적을 잡는 데 힘을 보탤 겁니다. 심효주. 그녀가 뒤에서 저희 전임 문주님을 이용했다는 의심이 있습니다. 해서 여러분의 힘이 필요하고요. 그러니 저도 여러분을 열심히 돕겠습니다."

자율진이 말했다.

짝. 짝. 짝.

모두 박수를 쳤다.

"그럼 적용하시는 데 도움이 될 교육을 시작하겠습니다."

자율진이 말했다.

영미의 지난 이야기

"잠시만요!"

피투성이가 된 혜리쮸가 비틀거리며 걸어 나왔다.

혜리쮸는 영미의 살인을 멈추게 하고 싶었다.

"태자님! 살아 계셨군요! 이런 못된 것들. 그래도 자기들 별의 황태자님을 이렇게 다루다니!"

영미가 다시 분노가 폭발했다.

가장 가까이 있던 요정국왕이 다시 영미 발길질에 피를 뿌리며 나가 떨어졌다.

"잠시 제 말 좀 들으세요!"

혜리쮸가 얼른 영미 앞을 막아섰다.

"……?"

영미가 무언의 물음으로 혜리쮸를 바라보았다.

"감찰어사께서 지옥애에 내려갔다 오시지요! 내려가서 혹시 조카님이 아직 살아 계시면 모시고 올라오세요! 지옥애를 내려갔다가 오실 수 있는 분은 오직 감찰어사님뿐이니. 그동안 제가 요정국 쥐새끼 한 마리도 어딜 못 가도록 군을 동원해서 지키고 있겠습니다. 아직 살아 계실지도 모르니 얼른 다녀오시지요?"

헤리쮸가 진심으로 영미에게 말하고 있었다.

영미도 그것을 모를 리 없었다.

"방위군을 동원하라!"

헤리쮸가 소리쳤다.

"네! 태자님!"

저만치 서 있던 20여 세의 남자가 공손히 대답했다.

"지금부터 요정국 누구를 막론하고 그 자리에서 움직이지 말 것을 명한다. 만약 움직이는 자는 그 즉시 사살할 것이다."

헤리쮸가 외쳤다.

비록 백성들의 이목을 두려워해서 요정국의 강제 동행권을 피하지 않았으나 백타성의 방위군은 막강했다.

영미라 해도 어쩔 수 없을 정도로 막강한 군대였다.

요정국 쯤은 순식간에 재로 만들 수 있는 군대이므로 요정들은 사시나무 떨듯 떨면서 조용히 있었다.

"다녀오십시오!"

헤리쮸가 영미에게 말했다.

"그럼 태자님만 믿고 다녀오겠습니다!"

영미가 헤리쮸에게 공손히 인사를 하고 즉시 지옥애 밑으로 날아갔다.

지옥애.

그 낭떠러지는 분화구로 통했다.

밑은 시뻘건 불덩어리가 뭉글뭉글 움직이고 있었다.

그 분화구 위에 커다란 넓은 돌이 반쯤 분화구를 막고 있었으며,

그 넓은 돌 가운데는 마치 가마솥처럼 파여 있어서 지옥애로 떨어지는 짐승과 사람을 천연적으로 빨아들이고 있었다.

빨아들이는 힘이 너무도 강해서 지옥애 위를 마음대로 날아다닐 수도 없을 정도였다.

천연적으로 빨아들인 사람과 짐승들은 그 돌솥에서 한 줌의 재로 만들어지고 있었다.

그런데,

다행이었을까.

그 돌솥 위에 뾰족한 바위 사이에 자하경은이 끼어서 돌솥으로는 떨어지지 않고 있었다.

영미는 얼른 자하경은의 상태를 살펴보았다.

"호오…… 아직 맥박은 뛰고 있다. 살릴 수 있겠다."

영미는 기쁜 표정으로 자하경은을 옆구리에 끼고 지옥애를 날아오르기 시작했다.

"언젠가 다시 내려와서 저 돌솥을 살펴봐야 하겠다. 뭔가 이상하거든!"

영미는 지옥애를 오르면서도 자꾸만 돌솥을 바라보고 있었다.

"우선 내 조카를 살리고 나서 그대들 요정국을 어떻게 처리할까 결정을 하겠다."

영미가 요정국왕에게 그 말을 남기고 헤리쮸와 함께 자하경은을 안고 황궁으로 향했다.

"뼈란 뼈는 모조리 부러졌고 내장도 이미 조각조각 났어! 살아 있는 것이 기적이다!"

영미는 헤리쮸의 도움으로 수술을 하며 자하경은의 뼈와 내장을 맞춰 제자리에 꿰매어 놓기 시작했다.

"이제부터 그 옛날 방식으로 내력으로 치료하는 방법을 써야 합니다! 아무도 들어오지 못하게 철저히 지켜 주십시오!"

영미가 헤리쮸에게 말했다.

"알겠습니다!"

헤리쮸가 대답하며 밖으로 나갔다.

"내가 기연을 얻은 천년 체력을 너에게 주마! 그래야 네가 살 것 같다!"

영미가 자하경은을 물끄러미 바라보며 말했다.

자하경은은 온몸이 조각조각 이어져 있었으니 보기에도 흉했다.

"천년 체력이 주입되면 탈퇴환골이 되면서 내상과 외상도 말끔히 치유될 것이다. 과거라고 반드시 버릴 것은 아니야. 이런 것은 쓸 데가 있거든."

영미가 자하경은의 등에 두 손바닥을 대고 운기를 시작했다.

영미 몸에서 피어나는 무지개색 둥근 운무가 자하경은까지 감싸기 시작하면서 둘 모습은 무지개 운무에 가려서 보이지도 않았다.

얼마나 지났을까.

자하경은이 두 눈을 뜨고 깨어났다.

"경은아!"

영미가 자하경은을 와락 끌어안았다.

"이모! 흑……! 고마워! 이모가 날 살렸어! 흑흑……."

자하경은이 비몽사몽간에도 영미가 자신을 살린 것을 알았다.

"그래! 살았으니 됐다. 이제부터 요정국과 체슈틴을 단죄해야 하는데, 네 뜻대로 해주겠다. 가자!"

영미가 자하경은을 일으켜 세우고 같이 밖으로 나갔다.

"이모!"

자하경은이 영미를 불렀다.

두 눈에 눈물이 줄줄 흐르면서.

"왜 그래?"

영미가 자하경은 등을 손바닥으로 토닥토닥 두드려주며 물었다.

"너무 고마워서. 흑······."

자하경은이 다시 울음을 터뜨렸다.

"킥킥······ 울음도 많네! 살았으면 됐지. 어서 요정궁으로 가자!"

영미가 자하경은 손을 잡아당겼다.

밖에서 기다리던 헤리쮸가 조용히 영미와 자하경은의 뒤를 따랐다.

요정궁.

그야말로 폐허가 됐다.

널브러진 요정들이 산을 이루고 있는 가운데

요정국왕과 소녀들이 한자리에 모여서 꼼짝도 못 하고 눈물만 흘리고 있었다.

백타성 방위군.

그들이 몇 겹으로 포위한 채 요정국의 소녀들을 지키고 있었다.

아직도 영미의 무술에 꼼짝 못 하고 묶여있는 체슈틴은 요정들과

국왕의 원망어린 눈치를 받으며 앉아있었다.

"이모! 이, 이게 어찌 된 일이야?"

잔인한 현장을 바라보며 자하경은이 영미에게 물었다.

"조카를 죽였다고 분노하여 감찰어사께서 죽인 요정들입니다."

헤리쮸가 대신 설명했다.

"이, 이모가요?"

자하경은이 헤리쮸와 영미를 번갈아 쳐다보며 물었다.

자하경은은 믿을 수 없었다.

평소 착하기만 하던 영미가 그렇게 많은 사람을 죽였다고는 믿을 수 없었던 것이다.

"제가 막지 않았으면 이미 다 죽였을 겁니다. 현재 우리 방위군이 죽은 요정들을 모아 숫자를 헤아려보니 3천 6백 12명입니다. 조카의 죽음을 만 배로 갚으신다며 1만 명을 죽일 생각이셨던 것 같습니다."

헤리쮸가 자하경은에게 자세히 설명을 했다.

"이, 이모!"

자하경은이 영미를 왈칵 안고 울음을 터뜨렸다.

"또, 왜?"

영미가 다시 물었다.

"나를 그렇게 생각해주는 줄 몰랐어. 이모가."

자하경은이 다시 울음을 터뜨렸다.

"나도 왜 그랬는지 모른다. 이렇게 인간이 잔인해질 수 있다는 것이 놀랍다."

영미가 이제야 제정신으로 돌아온 듯 자신이 저지를 살인을 가슴 아프게 지켜보고 있었다.

"이모가 나를 그렇게 생각하는 줄 정말 몰랐어! 이모!"

자하경은이 다시 영미를 불렀다.

"왜?"

영미가 물었다.

"이제 이들을 용서하고 살릴 수 있는 사람들을 살려보자! 응?"

자하경은이 영미를 보며 말했다.

"그래. 네가 원하는 대로 해줄게."

영미가 말했다.

"들었죠? 모든 시체들을 다시 살릴 수 있게 여러분들도 도와줘요! 빨리 살리면 어느 정도 다 살릴 수 있을 겁니다! 그게 제 전문이거든요! 요정국에서도 그런 의술이 있다고 들었습니다. 같이 살립시다!"

자하경은이 큰 소리로 외쳤다.

와아.

요정 소녀들이 함성을 질렀다.

"큰 은혜에 감사드립니다! 국왕으로서 공주 하나를 잘못 가르친 죄로 이런 대가를 치렀다 생각합니다! 그렇게 용서를 해주시니 감사합니다!"

국왕이 자하경은에게 감사의 눈물을 흘렸다.

"네! 네! 지금은 어서 살릴 수 있는 대로 살려야 하는 시간이니 이야기는 나중에 합시다."

자하경은이 국왕에게 고개를 숙여 예를 표하며 말했다.

영미는 천천히 체슈틴에게 다가갔다.

"너를 죽여서 백타성에 다시는 이런 일이 생기지 않게 해야 하겠지만, 네가 착한 사람으로 다시 태어난다 했으니 요정들을 살리는 데 너도 힘을 보태라! 그런 뜻에서 살려주마!"

영미가 체슈틴을 꼼짝 못 하게 묶어놨던 무형의 고리를 회수하며 체슈틴을 자유롭게 만들어 줬다.

털썩.

체슈틴이 영미 앞에 무릎을 꿇었다.

"감사합니다! 감찰어사님! 그리고 죄송합니다! 태자님께도, 국왕께도 정말 죄송합니다. 모두 제 잘못입니다. 용서하십시오!"

체슈틴이 머리를 땅바닥에 계속 박으며 눈물을 흘렸다.

"일어나라! 용서는 이미 했으니 어서 자하경은을 도와 요정들을 다시 살리는 데 힘써라!"

영미가 말했다.

"감사합니다! 비록 모자라는 힘이지만 열심히 보태겠습니다!"

정말 그 알약의 효과일까.

체슈틴은 다른 사람으로 변해 있었다.

"이모도 의술은 최고잖아 같이 살려보자! 응?"

자하경은이 영미에게 말했다.

영미가 사람을 그렇게 많이 죽이고 평생 그 죄책감에 시달릴까 봐 자하경은은 될 수 있으면 다 살려야 한다고 생각했다.

자신을 위해 저지른 살생.

이젠 영미를 위해 살려야만 했다.

자하경은과 체슈틴이 빠르게 움직이며 마치 두 손은 춤추듯 빠르게 시체들을 자르고 꿰매 숨이 돌아오도록 했다.

그다음은 영미가 다시 그들을 일일이 침이나 약물로 치료를 했다.

요정국왕도 다른 요정들도 비교적 멀쩡한 요정 소녀들 시체를 살리기 시작했다.

그런 모습을 지켜보는 혜리쮸와 백타성 방위군의 얼굴엔 놀라움이 가득했다.

"어찌. 죽어가는 요정들을 저렇게 다시 살릴 수 있을까! 그것도 저렇게 빠른 속도로. 저런 속도로 살린다면 해가 지기 전에 모두 살리겠다. 3천 명이 넘는 시체들을."

혜리쮸가 그렇게 생각하며 방위군에게도 요정들을 살리는 데 모자라는 일손을 보태라고 지시를 내렸다.

"황제 폐하 납시오!"

우렁찬 외침이 들리며 일단의 무리들이 죽은 요정들을 거의 다 살리고 있는 현장에 나타났다.

백타성 황제 혜리주민과 공주 혜리향이 소문을 듣고 온 것이다.

"황제 폐하를 배알합니다!"

모든 사람들이 일제히 고개를 숙이며 황제를 맞이했다.

"모두 하던 일을 계속하시오! 난 신경 쓰지 말고 어서들 사람이나 살리시오!"

황제가 고개를 숙이고 예를 표하는 모든 사람들에게 말했다.

모두들 다시 고개를 한번 숙여 예를 표하고는 하던 일을 계속했다.

"태자는 현재 상황을 보고하라!"

혜리주민이 혜리쮸에게 말했다.

"네! 모두 3천 6백 12명 중 현재 다시 살린 요정들은 3천 6백 9명입니다! 3명은 너무 조각조각 흩어져서 그 조각을 모으느라고 아직 살리지 못했습니다."

혜리쮸가 보고를 했다.

"허……! 정말 대단하다! 죽어가는 요정들을 그렇게 다시 살릴 수 있다니. 그것도 그렇게 빠른 시간에."

황제는 자하경은을 바라보며 놀랍다는 표정을 지었다.

"문제는 우리들만의 특이한 신체 구조 때문에……."

헤리쮸가 뒷말을 남긴 채 황제를 바라보았다.

"무슨 말이냐? 수명이 단축된다는 뜻이냐? 그래도 그게 어디냐. 죽은 것보단 낫지."

황제가 말했다.

"아니 그게 아닙니다. 반대로입니다. 저 자하경은이란 분이 생명을 불어넣으며 특이한 방법을 써서 저들 수명은 약 10년씩은 연장된다고 합니다."

헤리쮸가 말했다.

"그거 잘됐구나! 다행이야, 다행이야. 암. 감찰어사를 불러와라! 어떻게 생겼는지 보고 싶다!"

황제가 영미를 찾았다.

헤리쮸가 얼른 영미를 찾아 황제 앞으로 데려왔다.

"찾으셨습니까? 제가 천국성 감찰어사입니다!"

영미가 황제를 향해 고개를 숙이며 공손히 말했다.

"아! 이렇게 젊은 아가씨가! 아무튼 반갑소!"

황제가 손을 내밀어 영미에게 악수를 청했다.

영미는 담담하게 악수를 했다.

그 모습은 조금도 비굴하지 않고.

권위에 눌린 모습도 아닌.

당당한 모습이었다.

"허……! 인재로다! 인재야! 천국성에 그대 같은 인재가 있다는 것이 부럽소이다!"

황제가 영미 모습을 찬찬히 살펴보며 감탄을 했다.

"과찬이십니다!"

영미가 말했다.

"모두 들어라."

황제가 갑자기 큰 소리로 외쳤다.

"네!"

모두 일을 하던 손을 멈추고 황제를 바라보았다.

"지금부터 천국성에서 온 감찰어사에게 우리 빽탐쮸(백타성)의 감찰어사직을 함께 겸직할 것을 요청하려고 한다! 다른 의견이 있는 사람은 말하라!"

황제가 갑자기 그런 말을 하자 놀란 사람은 영미였다.

"황제 폐하! 무슨 말씀이십니까?"

영미가 황급히 물었다.

"천국성 감찰어사. 그대가 우리 빽탐쮸의 감찰어사직을 겸해 주길 바랍니다! 천국성과 동일한 권한을 주겠으며. 아울러. 그대 후손에게 그 자리를 물려줘도 괜찮다는 조건입니다. 사양하지 말길 바랍니다!"

황제가 영미에게 간곡히 부탁을 하고 있었다.

"황제께서 잘못 보신 겁니다. 악녀를 처단한다고 설치며 진작 자신이 악녀란 사실은 모르고 엄청난 살생을 저지른 겁니다. 감찰어사직은 너무 과합니다."

영미가 사양의 뜻을 전했다.

"사양하지 마십시오! 그대의 사람 됨됨이는 이미 본 황제가 알고 있습니다. 특히 그대의 조카라는 저 자하경은 역시 탐나는 인재입니다. 그래서 부탁드리는데 사양하지 마십시오."

황제가 다시 부탁을 했다.

"제가 몸은 하나인데 천국성에서만 문파의 문주 자리가 2개 이상이고……. 이곳의 감찰어사직을 제대로 수행할 수 없을 겁니다."

영미가 다시 사양의 뜻을 전했다.

"그런 것이라면 걱정 마시오. 저기 저 자하경은을 이곳의 부감찰어사직을 같이 겸해달라고 할 예정입니다."

황제가 다시 부탁을 했다.

영미로서도 더 이상 거절할 수 없을 것 같았다.

그래서 영미는 생각하다 못해 한 가지 제안을 했다.

"그렇다면 저도 한 가지 부탁이 있습니다!"

영미가 황제의 부탁을 들어주는 대신 조건을 내세웠다.

"말해보시오!"

황제가 얼른 말했다.

어찌 보면 감히 황제에게 조건을 제시하는 것은 건방진 것이었으나 황제는 그런 것을 따지지 않았다.

"그건……!"

영미 목소리가 갑자기 들리지 않았다.

황제는 고개를 끄덕이는 것을 보아 황제에게만 들리는 목소리로 전달하는 모양이다.

"좋소! 그렇게 하시오!"

황제가 영미 부탁을 들어준 것이다.

"경은아!"

영미 목소리가 자하경은에게만 들렸다.

"왜? 이모?"

자하경은이 물었다.

이미 모든 사람들을 다 살리고 난 후 늦은 밤이었다.

일급 숙소에 머물고 있는 자하경은과 영미.

방 안에는 둘밖에 없었는데

영미는 자하경은만 들을 수 있는 말로 뭔가 한참을 말했다.

자하경은 역시 고개만 끄떡거리고 입은 열지 않았다.

요정궁.

이미 폐허나 다름없는 참혹한 현장.

순간의 분노가 부른 참상이다.

영미가 그런 현장을 조용히 지켜보고 있었다.

영미는 생각했다.

다시는 이런 비극적인 일을 저지르고 난 후 후회하는 일이 없어야 겠다고.

영미는 자신의 감정을 다스리지 못한 순간을 후회하고 있었다.

그러나

자하경은이 죽을 줄로만 알았던 그 순간엔 정말 보이는 것이 없었다.

그만큼 자암옥에서 태어난 자하경은을 영미가 이모라는 관계로 자신이 보호자 역할을 철저히 하고 있었다.

그런 이유도 있었지만,

천애 고아가 된 영미로서는 자하경은이 유일한 혈육이고 친구였다.

한참을 요정궁이 파괴된 현장을 지켜보며 후회를 하던 영미가 걸음을 옮기기 시작했다.

몇 채 남은 요정궁 건물.
그중 하나로
영미는 들어갔다.

공주궁.
체슈틴의 처소다.
체슈틴이 말없이 영미에게 고개를 숙이고 정중히 맞이했다.
역시 영미는 체슈틴만 들을 수 있는 말로 뭔가 한참을 말했다.

체슈틴 역시 간단하게 대답만 하고 고개만 끄떡일 뿐.
무슨 대화가 오고 갔는지 알 수는 없었다.
그렇게 긴 대화가 끝난 후.
영미는 혼자 백타성을 떠났다.
자하경은을 남겨둔 채.
이제 자하경은을 그렇게 걱정 안 해도 된다.
이미 천년 체력을 영미가 전해준 상태이므로 자하경은 무공은 최소한 죽음만은 피할 능력이 됐다.
또한 자하경은이 백타성에서 뭔가 비밀리에 임무를 맡은 것을 알 수 있었다.

3개월.

영미가 백타성을 떠난 지 3개월이 지났다.

감찰어사부.

천국성 최고의 권력기관이며 누구나 취업하고 싶은 선망의 직업 1순위에 속하는 곳.

오늘 그 감찰어사부에서 직원 채용 시험이 있는 날이다.

필기 시험과 실기 시험이 있는데

오늘은 1차 필기 시험이 있는 날이다.

1차 필기 시험을 통과하면 실기 시험이 있고

2차 실기 시험을 통과하면 마지막 면접이 기다리고 있다.

필기 시험을 출제한 사람은 극비에 부쳐졌고

출제자로 내정된 후 3개월간 외부인과 접촉까지 철저히 차단됐다.

천국성의 화폐 단위는 현.

천국성의 최고의 연봉을 받는 상위 1순위 직장인은 30만 현을 받는다.

1만 현이면 4식구 1년간 잘 먹고 잘 입을 수 있는 돈이니 30만 현이면 그 가치가 엄청났다.

그런데,

감찰어사부 직원 연봉이 바로 30만 현이다.

그런 관계로 감찰어사부 직원 채용 1차 시험에 도전하는 사람 수가 약 2백만 명에 달했다.

뽑는 인원은 2백 명.

1만 대 1일이다.

인재들의 집단, 청유회

시험장을 영미가 손수 순회하며 시험을 치르는 사람들을 격려했다.

자하경은 역시 백타성의 비밀 임무를 마치고 합류했다.

영미 옆에는 자하경은 외에도 자율선과 벽화이도가 그림자처럼 따라다녔다.

첫 시간을 마치고 쉬는 시간.

영미 일행이 시험장 복도를 지나가고 있을 때.

아래위 모두 검은색 옷을 입고 긴 머리를 휘날리며 영미 옆으로 지나가는 남자.

영미는 그 남자를 유심히 관찰했다.

"어사인 나를 보고도 전혀 비굴한 모습을 보이지 않고 건방질 정도로 당당하다. 나이도 나와 비슷하거나 한두 살 위 같은데 저자는 누구인가?"

영미가 벽화이도에게 물었다.

"네! 어사님! 저자는 아무런 문파에 속하지 않은 새로운 성씨를 갖은 진국겸이라는 사람입니다. 어려서부터 영재로 소문이 난 천재이기도 합니다."

벽화이도가 말했다.

"특기는 뭔가?"

영미가 물었다.

"과학도라 합니다. 이미 발명품이 수두룩할 정도로 많은 것을 발명했죠. 별로 중요한 것들은 없지만."

벽화이도가 다시 설명했다.

"저자가 그동안 발명했다는 것들과 저자의 모든 기록을 내게 가져오도록!"

영미가 말했다.

"알겠습니다! 어사님!"

벽화이도가 공손히 대답하고 어디론가 빠른 걸음으로 떠나갔다.

"2부장!"

영미가 자율선을 불렀다.

벽화이도가 1부장이고

자율선이 2부장이다.

영미가 감찰어사부를 제1부와 2부로 나눈 것이다.

"네!"

자율선이 얼른 대답했다.

"오늘 시험에 합격한 사람들 중에 상위 최고 점수를 얻은 100여 명만 그 인적 사항을 오늘 밤 내 책상에 갖다 놓도록!"

영미가 말했다.

"알겠습니다!"

자율선이 공손히 대답했다.

"그리고 오늘 밤 9시에 청유회 간부회의를 긴급 소집하라!"

영미가 이번엔 자하경은에게 말했다.

"알았어!"

자하경은이 대답했다.

"부감찰어사님!"

자율선이 자하경은을 노려보고 있었다.

"아, 알았어! 존댓말 하면 될 것 아냐! 알겠습니다! 어사님! 헤헤……."

자하경은이 얼른 영미에게 존댓말을 했다.

자율선이 자하경은이 영미에게 존댓말을 안 한다고 노려본 것이다.

공과 사를 구분하자는 것인데

평소 공식 자리가 아니면 자율선, 벽화이도 역시 영미와 친구처럼 지낸다.

비록 나이들은 한두 살 많지만 직위는 영미가 한참 높으니

그냥 친구처럼 지내는 것도 영미가 허락한 것이기 때문이다.

"젠장! 이것도 시험이라고. 졸려서 죽겠네!"

누군가 투덜거리는 소리를 듣고 영미가 방금 투덜거린 인물을 찾아 바라보았다.

시험장 한쪽에서 꾸뻑꾸뻑 졸면서 앉아있는 남자.

머리칼이 염색을 했는지 황금색이다.

"저자는 누군가?"

자율선에게 영미가 물었다.

"저도 잘……."

자율선이 모르는 모양이다.

"가서 데리고 와라!"

영미가 말했다.

자율선은 교실로 들어가서 그 졸고 있는 남자를 데리고 영미 앞으로 왔다.

"졸린다? 문제가 쉬워서?"

영미가 물었다.

"아! 죄송합니다! 감찰어사님!"

남자가 영미의 정체를 알고는 황급히 고개를 숙여 인사를 하며 말했다.

"문제가 그렇게 쉽나?"

영미가 다시 물었다.

"네! 좀 그렇습니다!"

남자는 당당하게 자신의 생각을 말했다.

"그렇다면 모두 만점을 받을 수 있겠군! 그대가 필기 시험에서 만점을 받으면 실기 시험을 면제해주지!"

영미가 말했다.

"정말입니까?"

남자가 영미를 바라보며 물었다.

"그래! 그대 이름이 뭔가?"

영미가 물었다.

"박준철입니다!"

남자가 대답했다.

"대신 그대가 만점을 받지 못하면 그대는 내 명을 다섯 가지를 반드시 수행해야 하네! 어떤가?"

영미가 물었다.

쉽게 말하면 내기를 시작한 것인데.

"좋습니다!"

박준철 역시 환영한다는 투로 내기를 수락했다.

"좋아! 약속은 반드시 지킨다! 킥킥……."

영미가 생글생글 웃었다.

"……!"

박준철이 의아한 표정으로 영미를 바라보았다.

"제5교시 50문제는 그 출제위원이 누군지 아는가?"

영미가 다시 박준철에게 물었다.

"그야 모르죠! 철저히 비밀로 돼서."

박준철이 대답했다.

"나야."

영미가 그렇게 말을 하며 일행들과 함께 서서히 박준철 시야에서 사라졌다.

"다, 당했다!"

박준철이 사라지는 영미 모습을 바라보며 그렇게 생각했다.

"우아……! 제5교시 출제위원이 감찰어사래."

누군가 영미 소리를 들은 모양이다.

그 소리가 근처에 있던 사람들에게 마치 천둥소리처럼 들렸다.

그 소리를 들은 사람들은 모두 사색이 되었다.

그 이유는 이러했다.

영미가 감찰어사부 두 명의 부장에게 1부장 자리를 놓고 시험 문제를 냈는데.

총 50문제 중

자율선이 겨우 8문제를 맞췄다.

16점.

자율선 생애 최악의 점수다.

벽화이도 역시 50문제 중 겨우 13문제를 맞췄다.

26점.

벽화이도 역시 생애 최악의 점수이다.

같은 문제를 숙제로 다시 내줬고

10일 동안 온갖 수단과 방법을 다 동원해서 답안을 작성해서 제출했는데

그 점수가

벽화이도 56점.

자율선 48점.

그 후 영미의 한마디가 천국성 전체를 강타했다.

"천재라는 두 부장이 60점도 못 맞춘다는 것은 창피한 일이다.

3개월의 기간을 주겠다.

반드시 100점짜리 답안을 제출하라."

그 소식은 천국성을 강타하며 모든 사람들의 이목을 집중시켰지만

3개월 후.

100점짜리 답안을 제출한 사람은 없었다.

공포.

직원 채용 시험을 치르러 온 사람들은 제5교시에 공포를 느꼈다.

순식간에 소문은 꼬리를 물고 퍼졌고.

그 공포의 제5교시가 시작되었다.

박준철은 자신이 치른 4교시는 이미 100점씩 받았다고 자부했다.

그러나

제5교시가 시작되면서 그는 이마에 땀을 흘리며 한숨이 저절로 나오기 시작했다.

듣지도 못하고 보지도 못한 문제들.

우주에 관한 문제들인데

박준철이 100퍼센트 자신 있게 안다고 하는 문제는 50문제 중 겨우 5문제 정도에 불과했다.

"졌다."

박준철은 그렇게 느꼈다.

이제 영미가 하달할 다섯 가지 명령.

그것이 무엇이든 반드시 지켜야 하므로.

박준철의 생각은 시험지가 아니라 다섯 가지 명령이 무엇일까 하는 것이었다.

공포의 5교시가 끝나고.

마지막 6교시가 시작됐다.

"헉, 이건 뭐지!"

시험 문제를 받아 든 사람들은 너무도 황당하다는 표정이었다.

전혀 알 수 없는 문제들.

출제위원 이름까지 시험지에 표기되어 있었다.

'본 시험문제는 백타성 요정국 공주 체슈틴이 출제했습니다'라고.

들어 본 적이 없는 이름.

알 수 없는 문제들.

박준철 역시.

너무도 성급하게 졸음이 온다는 등 이것도 문제라는 등 쉽다고 큰소리친 자신이 너무도 후회스러웠다.

모두들 어렵다고 아우성치는 가운데

필기 시험은 끝났다.

1차 필기 시험을 치른 결과.

60점 이상을 획득해서 시험을 통과한 사람들이 겨우 100분지 1에 불과한 2만여 명이었다.

청유회 간부회의.

박영지와 자하경은이 나란히 앉아있고

맞은편엔 벽화이도와 자율선이 앉아있었다.

그런데

영미와 나란히 앉아있는 사람이 있었다.

바로 체슈틴이다.

사각으로 된 탁자를 가운데 두고 각각 두 명씩 앉아 있었다.

영미와 체슈틴 맞은편에는 청살지 박우혜와 무신 심주덕이 나란히 앉아 있었다.

"오늘 청유회 간부회의를 소집한 이유는 바로 제 옆에 앉아있는 백타성 요정국 공주 체슈틴을 소개하려고 모두 오시라 했습니다. 체슈틴은 이제부터 청유회 백타성 지회장을 맡을 것입니다. 인사하시죠."

영미가 체슈틴을 보며 말했다.

"백타성 요정국 공주 체슈틴입니다! 앞으로 여러분들과 같이 우주 평화를 위해 작은 힘이나마 보태게 되어 영광으로 생각합니다!"

체슈틴이 자리에서 일어서서 자신을 소개하며 인사를 했다.

"반갑습니다! 이렇게 뜻을 같이해줘서 청유회는 든든한 우방을 갖게 되었습니다!"

박영지가 말했다.

모두 반갑다는 인사와 함께 체슈틴을 반겨줬다.

"허허…… 무엇보다도 우리 감찰어사와 어깨를 나란히 할 수 있는 고수가 둘이나 늘었다는 것이 기쁜 일이네!"

무신 심주덕이 자하경은과 체슈틴을 번갈아 바라보며 말했다.

"헤헤…… 저야 아직 햇병아리죠!"

자하경은이 웃으며 말했다.

"체력으로 따지면 가장 높잖아요!"

체슈틴이 눈을 흘기며 말했다.

"엥? 부감찰어사가 체력이 가장 높다고?"

박우혜가 의문스러운 눈치로 영미와 체슈틴 그리고 자하경은을 번갈아 바라보았다.

"헤헤…… 이모가 1천 년 체력을 줬고 체슈틴이 300년 체력을 줘서……."

자하경은이 말했다.

"뭐? 그럼 넌 이미 2천 년 체력에 가깝겠구나?"

박우혜가 놀랍다는 표정으로 물었다.

"헤헤…… 아직 1백 년이 모자라네요."

자하경은이 말했다.

"허허…… 아무튼 축하한다!"

무신 심주덕이 자하경은을 다정스러운 눈으로 바라보며 말했다.

"감사해요!"

자하경은이 고개를 약간 숙이며 말했다.

"자! 자! 본론으로 들어가야죠!"

영미가 얼른 말했다.

청유회 간부회의를 소집한 목적이 체슈틴을 소개하는 것뿐만이 아니기 때문이다.

"내일 2차 필기 시험 결과로 결정하겠지만 쓸 만한 인재를 눈여겨보았다가 한사람이 두 명씩 추천해서 청유회에 가입시키도록 하세요. 전 이미 두 명을 봐뒀거든요. 킥킥……"

영미가 생글생글 웃었다.

"헤헤…… 이모는 잘생긴 미남자만 봐놨대요!"

자하경은이 혀를 날름거리며 영미를 놀려댔다.

"저도 두 명은 눈여겨 봐뒀습니다!"

자율선이 말했다.

"자! 그리고 체슈틴과 함께."

영미가 뭔가 이야기를 시작하고 있었다.

모두들 조용히 영미 말을 듣고 고개를 끄덕거리고 있었는데
무슨 이야기인지 들리지는 않았다.

2차 필기 시험은 지원 부서별로 시험과목도 틀렸다.

필기 시험은 기본 상식을 위주로 공통된 시험이었다면,

2차 필기 시험은 지원 부서별 전문 과목 집중 시험이었다.

총 4개 부서로 나뉘어 모집을 했다.

내사과.

천국성 모든 분야를 감시 조사하는 부서로서 모집 인원은 가장 많은 100명이었다.

우주과학과.

우주공학 분야로서 우주선 연구와 우주의 별들을 감시 조사하는 부서다. 인원은 50명.

무기연구과.

감찰어사부 요원들이 착용할 무기를 개발 연구하는 부서다 인원은 30명.

외계파견과.

다른 별에 파견될 직원을 20명 모집하고 그 과장으로 이미 백타성 체슈틴이 내정된 상태다.

2차 실기 시험은 상위 성적순으로 합격 여부가 정해진다.

2차 필기 시험 결과 가장 높은 점수를 받은 사람은 놀랍게도 나이 62세의 노인이었다.

이름은 이동현.

무문의 현 과학자로서 대학교 교수직을 겸하고 있었다.

필기 점수 평균 74점.

실기 점수 평균 96점.

필기에선 큰소리치던 박준철이 가장 높은 평균 점수 86점을 받았다.

그러나 박준철은 실기에서 겨우 78점을 받아 턱걸이로 합격을 했다.

영미가 복도에서 만난 진국겸이란 청년도 최종 합격을 한 상태였다.

감찰어사부답게 필기 시험 최종 합격자 발표를 시험이 끝난 직후 바로 발표를 했다.

실기시험 최종 합격자수는 다음과 같았다.

내사과 106명.

우주과학과 54명.

무기연구과 38명.

외계파견과 25명.

이제 면접만 남긴 상태이므로 모집 인원에서 추가 합격된 사람들은 면접에서 그만큼 탈락된다는 것을 말한다.

면접관은 자하경, 자율선, 박영지를 포함하여 총 8명이었다.

나머지 5명은 태자 이강철, 상인문주, 공업문주, 농업문주 그리고 새로운 문파 우주문주.

우주문이란 새로운 문파가 생긴 지 이제 한 달째.

그런 신흥문파의 문주를 감찰어사부가 최종합격자의 면접관으로 내정한 것을 두고 천국성에선 말들이 많았다.

하지만 감찰어사의 권리이므로 누구 하나 반발하지는 못했다.

우주문파의 문주는 이제 20세도 채 안 된 미남 청년이었다.

검고 굵은 눈썹에

크고 깊은 눈.

오똑한 코와 도톰한 입술.

훤칠한 키에 떡 벌어진 어깨.

무엇하나 모자라는 구석이 없는 완벽한 미남자였다.

이름은

사하균.

바로 무황 사하준식의 증손자.

사하균은 면접실로 향하기 전에 감찰어사부에 들려 영미와 무엇인가 한동안 대화를 하다가 면접실로 갔다.

사하균이 면접실로 가고 잠시 후 영미는 체슈틴과 벽화이도와 함께 우주선을 타고 천국성을 떠났다.

백타성.

영미가 체슈틴과 벽화이도와 함께 도착한 곳은 백타성이다.

이곳에서도 천국성과 같은 시험이 치러지고 있었다.

날짜만 하루 늦게 시작되었다.

감찰어사부 직원채용 시험은 똑같은 문제지가 출제되었다.

백타성 감찰어사가 된 영미는 부감찰어사로 체슈틴을 지목하고

천국성엔 자하경은이,

백타성은 체슈틴이 맡도록 하였다.

이미 필기 시험은 끝났고

실기 시험을 치르는 날이었다.

"어서 와요!"

혜리향이 영미를 반갑게 맞이했다.

"공주님께서 수고가 많으십니다!"

영미가 인사를 했다.

"천국성 시험은 잘 끝났지요?"

혜리향이 물었다.

"네! 이곳에 필기 시험 결과는 어떻습니까?"

영미가 물었다.

백타성 감찰어사부 직원 채용 시험장이 최고의 명문대학 소뤼징대학에 마련되어 있었는데,

지금 영미가 그 대학 컴퓨터(정보기) 관리실에서 헤리향과 같이 카메라(사진기)로 각 시험장을 보여주는 화면을 바라보며 앉아서 대화를 나누고 있었다.

　"문제가 어렵다고 아우성치는 가운데 만점짜리는 없고 최고 높은 점수가 평균 92점입니다."

　헤리향이 말했다.

　"네에? 평점이 92점요?"

　영미가 놀랍다는 반응이다.

　그도 그럴 것이 천국성의 최고 점수를 받은 박준철이 겨우 86점이 아니던가. 같은 문제를 출제했는데……

　"달랑 혼자만 높고 2위가 84점 3위가 78점입니다! 문제가 어렵긴 어려웠나 봅니다!"

　헤리향이 입가에 미소를 지어 보였다.

　"오! 그 92점 받은 분이 누구죠?"

　영미가 다시 물었다.

　"지류가문에 단경이란 16세 소녀입니다."

　헤리향이 대답했다.

　"지류단경이라. 혹시! 지류민호님과는 어떤 사이죠?"

　영미가 뭔가 생각난 듯 다시 물었다.

　"아니. 어, 어떻게 지류민호를 아세요?"

　헤리향이 놀랍다는 표정이다.

　"아! 체슈틴이 제게 추천을 해준 사람입니다. 아직 만난 적은 없고요!"

영미가 말했다.

"아! 그래요? 지류단경은 지류민호의 동생입니다. 친동생이죠. 지류민호는 이번 시험에 응시하지 않았고요. 아무튼 지류민호가 천재라는 것은 다 아는 사실이고요. 그 동생 지류단경이 이렇게 뛰어난 줄은 몰랐어요."

혜리향이 말했다.

"네! 최종 면접까지 끝나면 한번 만나보겠습니다!"

영미가 말했다.

"그러셔야죠!"

혜리향이 웃으며 말했다.

"태자님은 어디 가셨습니까?"

영미가 물었다.

혜리쮸가 안보이므로 궁금해서 묻는 것이었다.

"이번 체슈틴과 감찰어사의 일을 지켜보면서 느낀 것이 많으신 모양이에요. 해서 무공 수련을 위해 황궁 밀실에 들어가셨습니다! 아마 3개월은 지나야 나오실 겁니다!"

혜리향이 말했다.

"아하! 충격이 크셨나 봐요! 그렇겠죠. 안 그렇다면 거짓이겠죠. 킥킥……"

영미가 생글생글 웃었다.

"듣자니 천국성엔 4개 부서로 모집을 한다고 하시던데?"

혜리향이 물었다.

"네! 그래요! 여긴 1개 부서(로봇제작과)를 더 만든 것은 꼭 필요하

우주에서 온 소녀의 21세기 암행어사 ❺

기 때문입니다! 모집은 감찰어사부 소속으로 하고 있지만 근무는 감찰어사부가 아닌 별동부서가 될 것입니다! 지원자가 많았다고 들었습니다!"

영미가 말했다.

"네! 총 3백 8십만 명이 지원을 했습니다. 일차 필기시험에서 30만 명을 합격시켰습니다. 실기시험에서 모집인원보다 1.5배로 합격시켜서 면접에서 나머지 인원은 떨어뜨릴 생각입니다!"

헤리향이 말했다.

"좋은 생각입니다! 면접이 중요하다는 것을 일깨워줄 필요가 있죠. 킥킥……."

영미가 생글생글 웃었다.

"이번 채용 시험에 응시한 사람들 중엔 미성년자가 6명이 포함되어 있었는데요. 모두 생일이 앞으로 1달 남아서 한 달이 지나면 15세 성년이 되므로 응시 자격을 줬습니다. 그중에 3명이 1차 필기를 통과했습니다. 성적도 좋은 점수로 말이죠."

헤리향이 말했다.

천국성은 14살이면 성인으로서 모든 자격이 주어지는데,

백타성은 15살로 천국성보다 1살이 늦다.

물론 지구엔 19세로 이곳보단 더 늦지만 말이다.

"킥킥…… 저하고 동갑이네요! 한번 만나봐야죠. 나중에."

영미가 생글생글 웃었다.

"참! 아바마마께서 감찰어사께 천룡단을 하사하셨는데. 가서 갖고 오너라!"

헤리향이 영미에게 말을 하다가 시녀에게 명령을 내렸다.

"천룡단? 그게 뭐죠?"

영미가 물었다.

혜리향은 그냥 웃기만 하였다.

잠시 후,

시녀가 조그만 나무 상자를 손바닥에 들고 왔다.

손가락 두 마디 정도 사각으로 된 조그만 상자였다.

"받으세요!"

혜리향이 그 상자를 시녀에게 받아서 영미를 줬다.

영미는 무심결에 상자를 받아 들고 혜리향을 바라보았다.

마치 이게 무엇이냐고 묻듯.

"뚜껑을 열고 그 단약을 드세요. 그럼 가르쳐드리죠"

혜리향이 빙긋이 웃었다.

영미는 작은 상자 뚜껑을 열고 황색 알약을 꺼내 입으로 가져가 꿀꺽 삼켜버렸다.

"역시 감찰어사께선 의심을 하시지는 않는군요. 그 약은 감찰어사께서 조카분을 살리려고 천년 체력을 줬다는 이야기를 듣고 조금이라도 체력에 보탬을 드리겠다고. 아마 500년 체력은 보탬이 될 거예요."

혜리향이 말했다.

"황제께 감사하다고 전해주십시오!"

영미가 생글생글 웃었다.

"이미 알고 계셨던 모양이군요?"

혜리향이 물었다.

영미가 웃는 모습에서 천룡단의 효능을 이미 알고 있었던 것 같은 표정을 보였기 때문이다.

"먹고 난 후 속이 시원해지며 힘이 용솟음치는 것을 보고 알았습
니다!"

영미가 말했다.

"아……! 네!"

혜리향이 알겠다는 듯이 고개를 끄떡거렸다.

〈6권으로〉